大学入学時から噂されていた美少女三姉妹、生き別れていた義妹だった。2

夏乃実　ill.ポメ

次女・花宮《はなみや》美結《みゆ》
#01 三姉妹のお家でお泊まり!

長女・花宮真白《はなみやましろ》
三女・花宮心々乃《はなみやここの》

「じゃあ遊斗兄ぃ、ちょっと背中使わせてもらうね～」
#02 美結のちょっぴり変わった癖?

「……わ、わたし〝は〟、こういうのも……描いてる……の」
#03 心々乃の告白……？

#04 お風呂上りの真白と……

contents

presented by
Natsunomi & POME

大学入学時から噂されていた美少女三姉妹、生き別れていた義妹だった。2

夏乃実

GA文庫

カバー・口絵　本文イラスト

ポメ

プロローグ

prologue

「はは、さすがだなぁ……」

『大学でなにか困ったことがあったら手を貸せるように』ということで、両者の親の協力の下、数十年ぶりの再会を果たすことができた大学新一年生の義妹。正確に言えば家族だった花宮《はなみや》三姉妹と交流を深めていたある日のこと。

設定していた大きなアラームで目を覚ました中山遊斗《ゆうと》は、寝起きの中で微笑ましい表情を浮かべていた。

そんな遊斗が視界に入れているのは、スマホに受信していた六件の通知。

三姉妹それぞれからのメッセージと写真を確認してのこと。

（こんなところにもやっぱり性格が出るんだな……）

小さな身長に幼顔《おさながお》。周りから中学生だと勘違いされてしまう容姿をしているが、家事が得意でまとめ役長女の真白《ましろ》からはこれ。

『遊斗さん！　先日の件なのですが、お泊まりされる日を楽しみに待っています……！　遊斗さんの寝具は用意できましたので、いつでも私にご連絡くださいっ！』

このメッセージと、新品の寝具の写真を証拠に添えて。

『ねえねえ、早く泊まりおいでよ遊斗兄ぃ。ちなみにマジの方だから予定ついたらすぐあたしに連絡ちょうだいね～』

モデルのようなスラッとした体形をした、見た目も性格も明るい次女の美結《みゆ》からはこれ。

このメッセージと、広げた寝具を背景にした犬耳加工された自撮りを。

『遊斗お兄ちゃん……。二人から連絡きてると思うけど、わたしも待ってる』

ちょっと人見知りで、物静かでもあって、どこかおずおずとしている末っ子の心々乃《ここの》からはこれ。

このメッセージと、真白と美結の二人が楽しそうに寝具を開封している姿を背景に、両目から上を映した写真を。

三姉妹ということでなにかと似ている三人だが、連絡にしてもそれぞれの特徴がしっかり出ていた。

「本当嬉《うれ》しいよなぁ……。こんなに歓迎してくれて」

同じ大学に通うなんてことも、再び顔合わせができるなんてことも、想像すらしていなかった。

また、一定の関係に留めておくことも、避けることもできたはずなのに、三人は昔のように接してくれて、邪険にする様子もないのだ。

今の状況は言葉にならないくらい幸せなこと。

「本当、お泊まりする時は迷惑をかけないように……。変な気だけは絶対に起こさないように……」

そんな状況を過ごしているからこその悩み。口にしたことは全《すべ》て心配していることだが、遊斗が特に気にしているのは後者。

幼少期以降は会っていなかった相手。そんな三人が立派に成長し、遊斗も同じように大人になったのだ。

当時のように一〇〇％『家族』として　、『妹』として見るのは難しいもので、異性としても見てしまう。

（……これだけは悟られないようにしないと）

今回、『お泊まりとかどうですか⁉』と誘ってくれたのは、自分のことを信頼してくれているからに他ならない。

その信頼は『義兄』だからという部分が強く働いているだろう。

邪《よこしま》なことをするつもりは一切《いっさい》ないが、その気持ちに応《こた》えるためにも、こうした気持ちは絶対に隠すべきもの。

三人を困らせないためにも。

「と、とりあえずは僕も僕でいろいろ準備をして……」

寝具のお金を出そうとしたら、人数の差で簡単に押し切られてしまったのだ。

にぱあとした笑顔を浮かべた真白が『もう購入してますので！』と言って。

それでもお金を渡そうとしたら、『まあまあ』と言いながら美結が財布のチャックを閉めてきて。

最後に心々乃が財布をポケットに戻すように裾《すそ》を握ってきて。

『こちらからお誘いしてますから、こちらで準備をするのが筋です！』との説明を受けたが、三人と一緒の時間を過ごせるのは遊斗としても大歓迎なのだ。

今回のお返しするためにも、いいところのお菓子やスイーツを用意しておくべきだろう。

せめて寝具のお金と同等の金額は出したいもの。

(喜ぶところを見られるといいな……)

遊斗にしても筋を通したい部分があるが、最終的にはこの理由に落ち着く。

「あとはみんなに負担をかけないように、お風呂《ふろ》とかご飯は家で済ませるようにして……」

頭を働かせながら、お泊まりする日に向けてどんどんと練っていく。

『お風呂はまだしも、ご飯くらいはみんなで一緒に食べた方がいいんじゃない？』という意見はあるだろう。

ただ、こう考えるだけの理由があるのだ。

大学一年生があのマンションに住めるってことは、みんなかなり忙しいお仕事をしてるだろうし……と。

お泊まりともなれば、半日から一日仕事がストップするようなもの。

家賃を三等分していると言っても、外観もエントランスも高級ホテルのように綺麗《きれい》で、セキュリティーも整ったマンションの家賃を大学生が払うのは本来厳しいだろう。

三人の仕事内容は教えてもらってないだけに、確かな判断をすることはできないが、学業と両立して働くというのは本当に大変なこと。

『在宅の仕事』と言っても、それは同じである。

「みんなは一体どんなお仕事してるんだろうなぁ……。なにか困った時に助けになれるような職種だといいけど……」

プログラミングのような専門職ともなれば、なにも協力することはできない。

『特殊なお仕事じゃなければ……』なんて願望を抱きつつ、思考を巡らせる遊斗だが、未《いま》だ三人の職業はさっぱりわからない。

『幼少期の三人が好きだったこと』についてもあまり記憶がないのだ。

「なにはともあれ仕事のスケジュールについての確認を第一に取って……かな」

仕事について深掘りされることを嫌がっていた心々乃だが、真白や美結も同じ気持ちなのだろうか、ここは聞いておいた方が親切だろう。

「よし……っと」

いろいろな計画を立てつつベッドから起き上がる遊斗は、大学に行く準備を始めるのだった。

第一章　進展

朝も早い時間帯のこと。

「あー、締切ヤバ。どしよこれ……」

「大丈夫。美結《みゆ》お姉ちゃんなら終わるペース。本気を出せば」

「ま、まあそれはそうなんだけどさ……」

　PCや液晶タブレット、アーロンチェアや資料が並ぶ仕事部屋では、ペンを動かしながらイラスト仕事に取り組む美結と心々乃《ここの》の二人がいた。

「どうにかして大学休めないかねえ……。この追い詰められた状況じゃ講義に集中するのも難しいんだよね」

「そんなこと言ったら真白《ましろ》お姉ちゃんに怒られるよ。今日は美結お姉ちゃんも必修科目入ってるはず」

「だから『どうにかして』って言ったんだって〜」

　文字の通り、必ず履修しなければならないものが必修科目である。通常の講義と比べても出席の優先順位は遥かに勝る。

　また、美結はクライアントから依頼されたゲームアプリのキャラデザインを。

心々乃は三万人以上が加入しているメンバーシップ用の描き下ろしイラストを。

締切の融通が利《き》く、利かないの仕事内容だからこそ、二人の焦《あせ》りようも違く、このやり取りの間も器用に手を動かし続けている二人である。

「もし本当に間に合わなくなったら、わたしも手伝うから言って」

「マジありがと、でも遠慮。心々乃は手伝うことよりも、まずは大学の環境に慣れることに努めるべし。まだ新しい友達作れてないっしょ？」

「高校のお友達がいるからいい。真白お姉ちゃんも美結お姉ちゃんも、遊斗《ゆうと》お兄ちゃんもいる」

「相変わらずだねえ」

ふっ、と笑う美結は言葉を続ける。

「朝っぱらからそんなイラスト描いてることも」

「……こ、これはお仕事だから仕方ない」

「ふーん」

今現在、服がはだけ、手錠をはめられた女の子のイラストを描いている心々乃。

『仕方ない』と言う割にはえらく意欲的である。

「これずっと思ってたんだけど、朝からそんな絵描いてて変な気持ちにならないわけ？　大学が休みだったらまだわかるけど、今日はこれからあるわけじゃん？」

「なるのは夜に描く」

「ああ……。なるほど」

これ以上返す言葉も出ないほど端的に納得の言い分を聞いたその時だった。

「二人とも～！　朝ご飯できたよ～！」

仕事部屋のドアをスライドさせて、大人用のぶかぶかエプロンを着た真白が入ってくる。

なぜサイズが合っていない、歩きにくくもなるエプロンを着ているのかと言われたら、〝子ども用〟を手に取るのは年齢的に憚られたから。

そんなシンプルな理由である。

「ねえ真白姉ぇ、今日のご飯って？」

「今日のご飯はたまご雑炊と、春雨サラダと、ちくわに大葉とチーズを挟んだものと……なんと！　フルーツヨーグルトもありますっ！」

「おー！」

「わー」

シンクロさせるように両手を上げ、真白の期待に沿う反応を取る二人。

「いつもありがとね、真白姉ぇ」

「ありがとう」

「どういたしまして！」

お礼の言葉を聞いてニマニマの真白。この瞬間こそ、料理作りを頑張ってよかったと感じられるのだ。

「それで……二人のお仕事はどうかな？　一緒にご飯食べられそう？」

「わたしは大丈夫。でも、美結お姉ちゃんは厳しそう。締切が大変らしい」

「もう美結ったら……。『計画的にするように』っていつも口を酸っぱくして言ってるでしょう？」

「ちゃんと心がけてはいるんだけどねえ……？」

滑り止めなしで大学受験した二人とは学力に差がある美結なのだ。

陰で勉強している時間が多いからこそ、スケジュール通りにいかないこともある。

それに――。

「今回はネットサーフィンに夢中になりすぎたっていうか？　遊斗兄ぃが泊まりにくる時用に三人でめっちゃ選んだし。ああ真白姉ぇはちゃんと終わらせてるからただの言い訳でしかないんだけどねこれは」

喋《しゃべ》れば喋るだけ、手を腰に当て八の字に眉《まゆ》を寄せていく真白。

その様子を見てツッコミを入れられないように早口で言い切る美結である。

「わかってるならグーッと気を引き締めること。美結のことだから『大学を休む』って言いかねないんだから」

「もう言ってたよ」

「ちょっ！　それチクんないでよ……」

「みーゆー」

「あは……。まあまあ学業優先って家族のルールはちゃんと守るって」

さらには頬《ほお》まで膨らましていく真白を見て、バツの悪い苦笑いを浮かべる美結ではあるが、チクった人物の太ももをベシベシと叩《たた》いて堂々たる仕返しを始めてもいる。

この間、無抵抗に攻撃されている心々乃。

「守るだけじゃなくて、お仕事は締切に余裕を持ってすること。全員でご飯を食べられないのはお姉ちゃん寂《さび》しいんだからね」

「そ、それはマジでごめん」

「美結お姉ちゃん、ベチベチ痛い。脚、赤くなってきた」

「……じゃあちょっとくらい抵抗しなよ。もうやめてあげるけど」

「美結は反省してないね」

「さすがにしてるって！　しっかり反省しつつ、チクった罰を与えてただけ」

もう全員の個性が出てグチャグチャになっているこの空間だが、これが三人の仲のよさを証明するものでもあるだろう。

「もう……。私知らないからね。遊斗お兄さんがお泊まりする日にお仕事が残ってて、一人で作業しなきゃいけなくなっても」

「ぁ……」

この時、ハッとした声を漏《も》らす美結。

「大丈夫。その時はわたしが美結お姉ちゃんの分まで構ってもらう」

「よーし。やる気スイッチ入った。マジで入った」

二人の言い分から、『それだけはもったいない』と心から感じた美結。

腕まくりをして白い肌を出すと、すぐに液晶タブレットに向かいって仕事を始める。

遊斗がお泊まりする日がまだ決まっていないからこそ、可能性としては十分にある問題。

また、締切というのは体を休めている時にも、遊んでいる時にも、ふと脳裏をよぎるもの。

考えた途端に不安に襲われ、心が休まらなくなる。全力で楽しむこともできなくなるもので——。

「……じゃあ、わたしももう少し頑張る」

「え、ええ⁉ 一緒にご飯食べるって心々乃言ってくれたのに！」

「わたしもハッとしたの」

この件は心々乃にも当てはまること。

締切に一応の余裕はある心々乃だが、真白のように超計画的にこなしているわけではないのだ。

美結が言われた『もしも』が自分にも起こりうるからこそ、より余裕を持ってイラストを描き上げようとのマインドになる。

「もー。それなら私は仕事部屋《ここ》でご飯食べちゃうよ？　二人の前で食べるからね？」

「そのくらい全然。キリいいところまで言ったらあたしもすぐ食べるからさ！」

「わたし、美結お姉ちゃんと同じタイミングで食べる」

「そ、そう……？　それなら私も二人が終わるまで次のお仕事しようかな」

全員で楽しくご飯を食べたい真白なのだ。

お腹《なか》が空いていても、二人が同じタイミングで食べるなら、それに合わせるのが一番なのだ。

エプロンを脱ぎ、器用に畳みながらアーロンチェアに座る真白は、すぐにＰＣの電源を入れて同様に仕事の準備を始める。

もうこの時にはスイッチを切り替えたように仕事の顔。

これから大学がある中での作業だが、ＳＮＳのフォロワーが20万人や30万人を抱えるイラストレーターなだけに、合間で作業をしなければ求められた期限で納品することができないほどに忙しい。

「あと……美結と心々乃に一つだけ。夜ご飯はみんなで出来立てを食べようね」

「わかった。約束するよ」

「ん」

大学があるため、そう長い時間作業をするわけではない。

『出来立てとそう変わらない』と言っても遜色ないかもしれないが、作り手としてはすぐに食べてほしいもの。

だが、同じ職種に就いている真白だから、やる気や集中を一度途切れさせることの弊害がどれほどのものなのかを知っている。

だからこのように譲歩することができるのだ。

「……遊斗お兄ちゃん、いつくらいにお泊まりしてくれるかな」

そうして、全員が作業する中でボソリと呟く心々乃である。

「うーん。早くて来週、遅くても再来週だと思う」

「ん？　真白姉ぇはどうしてそう言えるわけ？」

「遊斗さんからメッセージが届いたからだよ。お泊まりをするにあたってみんなのお仕事にも都合がいい日にちを教えてもらえたらって」

「えっ、なにそれ。あたしにはその手のメッセージ届いてないんだけど！」

「わたしも……。どうして真白お姉ちゃんにだけ……」

「それは私が一番のお姉ちゃんだからです」

えっへん、と大きな胸を張りつつ作業の準備をどんどんと進めている真白。

「それで返事はなんて送ったわけ？」

「『遊斗さんの都合がいい日で大丈夫ですので！』だよ。このお返事以外だと気を遣わせちゃうかなって」

「ええー。その言い分もわかるけど、せめてあたし達に一声かけてもよくない？」

「私もそう思ったけど、美結急いで仕事部屋に駆け込んじゃったから……。できるだけお仕事に集中させた方がって思って……」

苦渋の判断だったのは、その表情や声からも明らか。

「わたしも、真白お姉ちゃんと同じ行動取る。全員が締切に追われてない日はないから。それに余裕を持って納品するようにいつも言ってもらってる」

全員がイラストでお金を稼いでいるが、クライアントもまちまち。スケジュールもバラバラなのだ。

そのために相手の都合に合わせて調整していく方が都合いいわけである。

「ああ……。確かにそだね。そう返事してくれてありがと、って言うべきだったね」

「ううん、私が美結の立場だったらそうも思うから。でも、もしもの時は私がお手伝いするつもりだったから安心してね！」

「その手のことさっき心々乃にも言われたよ」

「ふふっ、そうなんだ。心々乃は優しいね」

ブーメランが返ってくるような言葉だが、『独断で返事をした責任を取る』という要素がない心々乃なのだ。

「別にわたしは優しいわけじゃない。保身。締切に追われた美結お姉ちゃん、いつも騒がしくなるから」

「ひひ、照れちゃって」

「別に照れてない……」

「照れてるくせに」

「うるさい」

「はー？」

「こら、喧嘩《けんか》しないの」

本人は至って真面目《まじめ》だが、全く怖くない『こら』には抑制力はない。

「このキッカケ作った真白姉ぇが仲裁するのはどうかと思うけど」

「ん、いきなり褒めてきたからこうなった」

「なっ、なんでそんな風になるのっ！」

なにも悪いことをしていない真白だが、時に人数差には負けてしまうもの。

無論、美結や心々乃も例外ではない。

と、この言い合いを続けながらも全員が全員、作業の手を動かし続けている。

学業と両立しながら、多くの仕事を引き受けられる理由の一つがこの優れたマルチタスク能力である。

「まあそんなわけだから、次、遊斗兄ぃに会ったら真白姉ぇじゃなくてあたしにメッセージ送るように言っとこっと」

「……美結お姉ちゃんはたくさん連絡して迷惑かけるからダメ。だからわたしに任せてほしい」

「直接遊斗兄ぃに言う勇気ないくせに。心々乃は」

「……手伝ってくれたら、嬉《うれ》しい」

「いや、さすがに無理だって。そんな可愛《かわい》く言っても無理だって」

その立場を求めていないならまだしも、バチバチに求めているのだ。

頼む相手が間違っているだろう。

誰《だれ》だってこの返事をするだろう。

「……なら、一人で頑張ってみる」

「もー。みんなして独り占めしようとするんだから。遊斗さんを困らせるようなことしないの」

「今一番独り占めしてる人に言われてもねえ……。今思えばあたし達でグループ作って連絡取り合うようにって提案できたと思うし。それに気づかない真白姉ぇじゃないだろうし」

「確かに」

「っ！」

ここで作業をストップさせる美結と心々乃は、半目になって真白を見つめる。

いや、疑いの眼差《まなざ》しを持って視線を送った。

「お、お姉ちゃんをそんな目で見ないの！」

「うっわ、その反応やっぱり気づいてたんじゃん。気づいててその関係維持しようとしてるじゃん」

「狡猾……」

「マジでその見た目でこれだからズルいよねぇ。絶対に誰も気づけないじゃん。ねえ心々乃？」

「……」

美結が同意を求めたその瞬間だった。

まばたきを早めながら、無言でプイっと顔を背《そむ》ける心々乃がいる。

なぜ関与しない行動を取ったのか、それはすぐに明らかにもなる。

「うん？　なあに美結は。『その見た目でこれだから』ってどう言う意味かな」

「は、はは……。それはえっと……」

顔に影を落とし、空間が歪《ゆが》んで見えるほどの圧を迸《ほとばし》らせる真白。

ニッコリと口角を上げているが、その目は一切《いっさい》笑っていない。その一方で『やってしまった』と言わんばかりに冷や汗を流す美結である。

口を滑らせ、彼女が抱えているコンプレックスを踏み抜けばこうもなる。

「大丈夫だよ。お姉ちゃんがちゃんと聞くから。言葉通りの意味じゃないもんね、きっと」

「……」

「どんな事実があったとしても、人に言ってはいけないことがあるって何度も注意してるもんね」

「…………心々乃、お願い助けて。マジヘルプ」

「やだ」

ちっちゃな真白の存在感がどんどんと大きくなっていく。

さらにはピリピリとした空気をじかに感じる心々乃は首を横に振って、無関係を貫く。

これぱかりはもうどうしようもないこと。

首を出さない方が絶対によいこと。

見て見ぬ振りは当然のこと。

「とりあえず……美結は覚悟、しててね。今日の夜ご飯、みんなでミニトマトパーティーだから」

「ちょっ!?　ホントごめんって！　謝るから！　それだけはマジで無理だから！」

「一度作ってみたかったんだあ〜。ミニトマトを使った和風マリネにカプレーゼに」

「そ、そもそも！　そもそもさ、真白姉ぇが独り占めしようとしなければこうなることはなかったじゃん！　ねえ心々乃！」

「ん……。それについては同意。だから朝ご飯の時、絶対に追及する」

「っ‼」

地雷を踏んでいない心々乃だけは対等に出られる現状。いや、美結が言っていることは確かだからこそ、しっかり優位を取ってこう言える心々乃なのだ。

「……でも、真白お姉ちゃんがわたしのあることに協力してくれるなら、口撃しないであげる」

「わ、わかった！　協力します」

「じゃあ約束」

「いやいや、なにその交換条件！　あたしだけ割食らってるじゃん！」

「美結お姉ちゃん、お仕事の手止まってる」

「ああもー！　この借りは絶対返してやるから……！」

柔軟な対応を見せ、自分に取って都合のいい条件を勝ち取った心々乃。

『狡猾』なのは真白一人だけではなかったのだ。

＊

三姉妹がこんなやり取りをしてどのくらいの時間が経《た》っただろうか。

「おはよう」

「ああ……。おはよ遊斗……」

遊斗が普段通り大学の教室に入った後のこと。

『オレがこの大学に入った理由って弟か妹《いもうと》がほしかったからだぜ？　合格したら考えてやるって言われて』

と、受験へのやる気を出させる罠《わな》を親に仕掛けられ、この旧白埼《しらさき》大学を受験した友達——講義机に上半身をベッタリ張りつかせて挨拶《あいさつ》を返す勝也がいた。

「な、なんか元気なくない？　大丈夫？」

「一限に必修入ってるんだぜ？　そりゃテンション下がるだろ……」

「ま、まあそれは確かに」

この言葉には苦笑いを浮かべる他ない。事実、一限を取らないようにしている大学生は多いのだ。

その理由として、早起きをしなければならず、電車通学をしている場合、満員電車に乗らないといけないこともある。

一限はなにかと苦しいものがあるからこそ、気持ちが落ち込むのは仕方のないこと。

「ただまあ、それだけじゃねえけどな。こうなってんのは」

「え？」

「お前、めちゃくちゃ順調らしいじゃねえか。生き別れていた義妹ちゃん達との関係は。そのせいで刺激受けてんだよ」

「はは、本当におかげさまで」

憎まれ口を叩かれるが、その声は優しかった。

「もう会う度に緊張することはなくなったし、みんな優しくしてくれるから嬉しいよ。昔のような関係に戻れるように努めてくれてるっていうか、関《かか》われなかった時間を埋《う》めようとしてくれてるっていうか」

「そりゃあの三姉妹が相手だもんな。そうしてくれるだろうよ。まあ、お前がお前だから関わろうとしてくれるんだろうが」

「……そう思ってくれてたら嬉しいな」

「鈍いねえ相変わらず。大学生ともなれば、好きなことに時間使うもんだろうよ」

「それはそうかもだけど、あの三人は当てはまらないというか……」

いい関係を再構築できたものの、お互いに遠慮がある今。

『気を遣っている』という行動があるのは間違いない。

「あ、今さらなんだけど、どうして関係が順調なこと知ってるの？」

「美結ちゃんのInsta、オレがフォローしてるのは知ってるだろ」

「ま、まあなんとなく」

「そこで載っけた写真に、なんかお前が匂《にお》うんだよ。集合写真を載せてたあとからほぼほぼな」

「あはは、さすがにそれは考えすぎだって」

「さあどうだかな」

遊斗はInstaのアカウントを持っていない。

その内容を確認することができないために、こう返事する他ないが、勝也の意見への同意は少なからず存在していた。

「てかよ、さっきお前『昔のような関係に戻れるように努めてくれてる』って言っただろ?」

「う、うん。それがどうかしたの?」

「いや、単純に大丈夫なのかってよ」

「大丈夫って?」

首を傾げて聞き返せば、要領を得た言葉がすぐに返ってくる。

「ほら、お前と妹ちゃんが別れたのって小さい頃だろ? だからほら、説明は難しいんだが……大人になった今で距離感がめちゃ近ぇこともあるだろうから、変な気になったりしねえのかって」

「ッ」

「相手はあの三姉妹なんだから、なにも思わねえってわけはねえだろ？　その反応からして聞くまでもないが」

「ま、まあそれはその……」

ここで決まり悪そうに眉を顰《ひそ》める遊斗である。

「正直に言うと、異性として見てしまう部分はあるというか……。もちろん変なことをするつもりはないけど、もしこれが伝わったら困らせちゃうから、絶対隠さないといけないことっていうか……」

「やっぱりそうなるわなぁ。長年会ってなかったわけだし、関われば関わるだけいいところが見つかるわけだしな」

「そ、そうだね」

『義妹』として見ることが一番トラブルのないことだが、そうできないほどの魅力を持っている三人なのだ。

異性という概念がどうしても入ってくる。

「ああでも、お前がそう思ってるなら、妹ちゃん達もそう思ってくれてるんじゃねえか？　それなら特に問題もねえ気も」

「えっと、そう言ってくれたこともあるにはあるんだけど、実際には義兄としての気持ちの方が強いんだと思う。……うん、やっぱりスキンシップからしてそう感じるよ」

り。

「ほーん」

必ず隣に座ろうとしたり、自分が使っているベッドに横になったり、手料理を作ってくれたり。

それは『会えていなかった義兄との時間をできるだけ埋めていくためのもの』という印象。

また、『これだけ成長しましたよ！』ということを見せるためのものだと感じる。

「どのみち、オレからしたら贅沢な悩みだけどなー。妹がいて、距離縮めるためにいろいろしてくれて。それもあの花宮《はなみや》三姉妹が」

「包み隠さずに言えば、きょうだいがいると賑やかでいいなって思ったよ、やっぱり。一人寂しく暮らしてるから……なおのこと楽しく感じて」

今の生活に慣れて不便なく暮らしていたが、三姉妹のあのワイワイとした雰囲気を味わってからはまた変わってしまった。

帰宅した時に『ただいま』『おかえり』の挨拶ができなかったり、静かな部屋だということをより感じたり。

もちろん人それぞれな部分だが、遊斗の場合は『違い』を大きく感じ、もの寂しく思っていたこと。

「オレが下の子をほしがる気持ちがよりわかってきただろ？」

「まあね」

「そもそもよ、昔みたいに四人で一緒に住むみたいな選択肢はお前にねえの？　家賃四等分すればめちゃくちゃいい家に住めるぜ？」

「さっ、さすがにそれは！　それは考えられないよ。一緒に住むといろいろなトラブルが出てくるだろうし、迷惑もかかるし、なにより異性に見てしまう問題もあるし……」

三姉妹が住んでいるあの広いマンションなら四人でも不便なく生活することができるだろう。ただ、それとこれは話が別。

「でも、悪い話じゃないだろ？」

「それは……もちろん。毎日楽しく過ごせそうだなって思うし、今まで会えてなかった分、関わっていきたいと思ってるし」

「オレなら時と場合を見計らってさりげなく聞くけどなあ。オレからすれば、今のお前は宝の持ち腐れだ」

「本当にそうだろうね」

「理解してても、なんだな」

「義妹として一〇〇％見られる自信があったら、さりげなく聞く可能性もあったかもしれないけどね」

「誠実だこと」

自慢の義兄として、頼り甲斐のある義兄としてあり続けたい遊斗なのだ。

自分を律する気持ちは忘れない。

「あ、ちなみにこの話は三人に内緒だからね？」

「はあ。オレがどうやってあの三姉妹とやり取りすんだよ」

「美結さんになら、Instaを使ってとか……」

気軽にやり取りできるのがＳＮＳの特徴。

やろうと思えば、今すぐにでも美結にメッセージを飛ばすことができるだろう。

「んなことするかって。もしフォローされてたら多少なりに送る気になるんだけどな」

「あっ、相互フォローになってるわけじゃないんだ？」

「当たり前だろ。あの子にフォローされてる方が珍しいわ」

「珍しいって？」

「お、お前そんなことも知らねえのか……。もうちょっと興味持とうぜ？」

「なんかごめん……。別に興味を持ってないわけじゃないんだけど、Instaをしてないから詳しくなくって」

とんでもないくらい呆《あき》れられてしまうが、これは『義兄なのに』ということが影響しているのだろう。

「ざっくり説明するが、フォロワー数二万に対して、フォロー数二百だぜ？　美結ちゃんのアカウント」

「……え⁉　フォロワーさんが二万人⁉　み、美結さんってそんなにフォロワーさんがいるの⁉」

Instaをしていることは知っていたが、それ以上の情報はなにも教えてもらっていなかったのだ。

「お前が思ってる以上に人気あるってことだな。まあ噂になってたのは伊達《だて》じゃねえってことで」

「本当すごいなぁ……」

「いや、Instaしてねえだけで他の二人も一緒だからな？　マジで彼氏いねえのがおかしいもんよ。お前もそう思うだろ？　贔屓目なしに」

「さすがにね」

親しく関わっているだけに、本心からそう思う。

「んまあ、告白かなんかで嫌なことがあったんだろうな。全然興味なさそうっていうか一線を置いてるところを見るに……」

この時、『鋭いなぁ』と、心の中で思う遊斗。

十数年ぶりの再会を果たした日。

世間話として恋愛経験を聞かれ、こう聞き返したのだ。

『この手の話はみんなの土俵じゃない？　三人とも彼氏はいないの？　中学高校とかたくさん

モテたでしょ？』と。

その時に美結から返ってきた言葉がこうだった。

『まあ一般的に考えたらモテた方だと思うけど、最悪だったよ？　あたしに振られたら次に心々乃とか真白姉ぇに狙《ねら》いを定めるとかさ。中高は風紀検査があって同じ髪型だったから、容姿で似てる部分も多くって』と。

『だからあたし達全員今まで誰とも付き合ったことないんだよね。告《こく》ってきた人全員がそうじゃないんだろうけど、変に警戒する癖《くせ》がついちゃってさ』と。

「ああ、これはオレの憶測だから話半分で聞いてくれってことで、これからはちゃんとお前が守ってやれよ？　あの人気だからちょっかい出すやつは必ず出てくるだろうからよ」

「もちろん」

大切な人を心配してくれるのは嬉しいこと。

笑顔を作って大きく頷《うなず》く遊斗。

そして、このタイミングで講師が教室に入ってくる。

90分の講義が始まるのはもうすぐのことだった。

＊

「なんか今日ツイてたな。まさか二十五分も早く終わるなんて思ってなかったぜ」

「先生ご機嫌だったから、なにかいいことがあったんだろうね」

二人がこの会話を交わすのは、通常よりも早く終了した講義終わりのこと。

「お前はこれからどうするんだ?」

「僕は次も講義が入ってるから、適当に時間潰《つぶ》すよ。勝也はバイトあるんだっけ?」

「まあバイトが終わったらまた大学《ここ》にくることになるんだけどな。五コマ目入れてっからよ」

「うわ、それまた大変だ……。体には気をつけてね」

「もし体調崩した時は差し入れくれな」

「あはは、了解」

「んじゃ、オレはもう行くわ。早く出勤して評価上げてくるぜ」

「うん!　また明日」

「おう」

立派な心構えで講義室から走り去っていった勝也を見送る遊斗も、教材を入れたバッグを抱えて廊下に出る。

休憩時間を合わせたら、次の講義開始まで30分ほど。

この空き時間ですることはもう決めた遊斗。

「さてと……」

財布を片手に持ちながら、向かう先は大学内に出店しているコンビニ。

小腹を満たそうと軽い買い物をしようとしたのだ。

「……って、こんなことならコーヒーの一つでも買ってあげればよかったな」

勝也と別れてからコンビニに向かおうと決めたばかりに、それは叶《かな》わないこと。

『もったいないことをしちゃったなぁ……』と、後ろ髪を引かれる思いを抱きながら歩くこと数分。

「あ……」

コンビニに着いた遊斗は、店内で思わぬ人物を発見する。

体が隠れて見えるクリーム色のリュックサックを背負い、緩んだ口元に手を当てながらまじまじとスイーツを見ている女の子を。

その女の子はまばたきも忘れ、目を大きくしながらずっとそのコーナーを凝視している様子。

側から見てもスイーツが大好物なんだとわかる小さな女の子にゆっくり近づいていく遊斗は、優しく声をかけた。

「おはよう、真白さん」

「……」

が、返事が戻ってくることはなかった。

声が聞こえていないように、まだ自分の世界に入っている真白。

どれだけ夢中になっているのかはもう明白だった。

「……」

「……」

隣に立ってみても気づく様子はない。

視線を送ってみても同じ。

「…………」

無言の中、頭を働かせる遊斗はここで一歩踏み込んでみる。

「――えい」

との掛け声と同時に、ぷくっと少し膨らみのある頬を人差し指で突いた瞬間だった。

「～～っぁひゃ⁉」

言葉にならない声を上げて、可愛らしい顔がバッとこっちに向く。

「おはよ、真白さん。お久しぶり」

「あっ、ゆ、ゆゆゆゆ遊斗さんっ！　お、おはようございます！　お久しぶりです！」

そして、まばたきを早めながら深々と頭を下げて挨拶する真白。

その小さな顔はもう赤く火照《ほて》っていた。

「あ、あの……。もしかして私、無視するようなことしてました？」

「いや、そんなことないよ」

「そんなこと絶対ありますよね⁉」

「あはは」

おもちのように柔らかかった頬に手を当てながら、言い返してくる真白。さすがの察しのよさだった。

「もう本当に申し訳ないです……。言い訳になるんですが、夢中になってまして……」

「全然大丈夫」

これで怒ったりするようなことはしない。

むしろ甘いものが大好きな彼女らしさに触れて微笑ましくなった。

「真白さんも講義前にお買い物？」

「えっと……。お買い物と言いますか、品定めをしてました」

「品定め？」

「私、これから二限から四限と長い講義があるので、頑張ったご褒美になにを食べようかな～っと考えましてて！」

「あー、なるほどなるほど」

「楽しみを作っておくと、集中もよりしやすいのでオススメですよっ！」

という真白は、むふむふと幸せそうな表情を浮かべている。

まだ先のご褒美だが、それでも楽しみなのだろう。

また、講義中の彼女はずっとペンを動かし続けるのだ。

講義の内容が理解できれば、ゆっくりするなんて行動を取るわけでもなく、一人で次の内容に進んでいくほど。

その『頑張ることができる理由』がどこからきているのか、理解できた瞬間でもあった。

「一応の目星はつけられた？」

「はい！　この生クリームどら焼きにしようかなと！」

下段にある商品に向かってピンと指を差して――。

「ボリュームもあって美味《おい》しそうじゃないですか？」

「た、確かに」

確かに美味しそうで、ご褒美に相応《ふさわ》しい一品。

だがしかし、クリームの量が本当にすごい。

『僕なら絶対胃もたれするだろうなぁ……』という思いが前に出て、思わず苦笑いの遊斗である。

「じゃあ品切れにならないように祈っておこっかな」

「ありがとうございます。もし購入ができたら遊斗さんにご報告しますねっ！」

「いいね、楽しみに待ってるよ」

細かな連絡。言い換えればあまり必要のない連絡とは言えるが、長年会えていなかったのだ。

のこと。

些細《ささい》なやり取りが本当に嬉しいもので、交流を増やしていきたいと思っているのは当たり前のこと。

　この言葉を聞けただけで、残りの講義を全力で頑張れる活力を得ることができた。

「……あ、そう言えば、美結さんと心々乃さんは今どうしてるの？」

「あの二人は一限から講義が入っているので、まだお勉強を頑張っている最中だと思います」

「そっか。じゃあ真白さんだけが二限からの講義なんだ？」

「えへへ、そのおかげで遊斗さんと会うことができたので、本当によかったです」

「こ、こちらこそだよ」

　心がこもった言葉。

　少し気恥ずかしさを覚えながらも、にぱーとした真白の笑顔に、目を細めて返す遊斗である。

　そして、コンビニにある時計をチラッと確認して言葉を続ける。

「じゃあ……ちょっと提案なんだけど、もし真白さんの用事がなければ、二限が始まるまで一緒に過ごさない？」

「えっ、逆にいいんですか⁉」

「もちろん！　僕も暇してたところだから」

「わー！　それでは是非！」

　ここで出会えるなんて思ってもいなかった。

講義が早く終わっていなかったら、コンビニに足を運ぼうともしていなかった。

本当に今日はなんと運のよい日だろう。

「それじゃあ、パパッと買い物してくるね！　真白さんも食べたいものがあれば一緒に会計するよ」

一緒に店内を見て回る方が楽しい時間を作れるが、ここで長く過ごすのはなにかと迷惑をかける。

また、早く買い物を終わらせることで、ゆっくり飲み食いする時間を確保しようとした遊斗なのだ。

「う、う〜ん」

「さっき祈るって言った僕が言うのもなんだけど、今目星のつけている商品を買わないと、講義終わりにはどら焼きが売り切れてる可能性も……」

「そ、それ言うのはズルじゃないですか⁉　あとお会計は私が！」

「はは、お姉ちゃんなら兄の気持ちもわかるでしょ？」

「っ！」

「じゃ、おにぎりコーナーで待ってるね」

その言葉を最後に一時の別れ。

そうして、おにぎりを二個選び終わったところに現れたのは、生クリームどら焼きを大事そうに両手で持った、上目遣《うわめづか》いの真白だった。

＊

コンビニでお会計をしたその後のこと。

（まさか講義前にこんな時間を過ごせるなんて……）

六階に作られた学生ラウンジにて、遊斗から買ってもらった生クリームどら焼きを食べながら、雑談に花を咲かせる真白がいた。

どうしても緩んでしまう笑顔で、遊斗と向かい合っていた。

「私、このラウンジを使うのは初めてなんですけど、すごく居心地いいですね！　美結と心々乃にも教えておかなきゃ」

「それがいいね。無料で利用できるから、使っておいて損はないと思うよ。空き時間にここで勉強してる人も多いから、自習する時には集中もできるしね」

「遊斗さんはよくラウンジを利用されているんですか？」

（もし、たくさん使ってるなら……ふふっ）

ちょっと邪《よこしま》な気持ち。

時間に余裕がある時に遊斗がいないか覗《のぞ》きにきてみようと企てる真白だったが、そう上手《うま》くはいかない。

「ううん、僕は時間割に合わせてバイトを入れてるから、利用する方が珍しいかな。今日みたいに時間が空いた時だけ利用してるって感じで」

「そうなんですね！　いつもはお一人でですか？」

「一人の時もあれば、友達と一緒の時もあるかな」

「む」

この時、ピンと勘が働く。

「そのお友達は女性ですか？」

「残念ながら男性です。って、本当にそんな影ないからね、僕。なんてったって女の人と二人でこのラウンジに来たのも今日が初めてだし」

「えっ、私が初めてですか⁉」

「大学二年生ながら……」

（そ、そうなんだ……）

この時、口になにも含んでいなくてよかったと思う真白。

このような状況に遊斗が慣れているようにも感じていたのだ。

もしどら焼きを口に含んでいたら、驚きで見せるわけにはいかない姿を見せていたのかもしれなかった。

そして、もう一つ。

この情報は本当に嬉しいこと。

美結や心々乃に『私が初めてなんだよ！』と、自慢できることでもあり。

「でも！　裏を返せばあまりラウンジを利用できないくらい、遊斗さんはお仕事をしてるってことですもんね」

「そういうことにしてくれる？」

「ふふ、そういうこともなにも事実じゃないですか」

『お泊まりの日程』をすぐには決められないことからも。

だから、話が少し変わってでも伝えてみる。

「あの、忙しい時こそ手作りが食べたくなる時もあるかと思うので、その時はすぐに教えてくださいねっ。私、すぐに作りにいきますので！」

「本当？　それじゃあ、いつかまたお願いしていい？」

「もー。『いつかまた』というのはお願いしない時の言い方じゃないですかぁ……。美結と心々乃からその手のことは学んでるんですからね」

「そ、そう？」

「そうですよう……。『いつかお掃除する』とか言って全然お掃除しなかったり！」

「お？」

「『気が向いたらやる』って言って全然やらなかったり！」

「お！」

「『行けたら行く』でくる気配もなかったり！　もー何回も経験しているんですから‼」

「あはは、それは少し想像できるかも」

遊斗に乗せられただけでなく、過去の二人の言動を思い返して熱くなる真白だが、すぐに冷静さを取り戻す。

（美結や心々乃のように、いつの日か遠慮しない遊斗さんを見られたらいいな……。気軽にお家にお邪魔できる関係になりたいな……）

と、この気持ちが強くなることで。

「あくまで予想なんだけど、その手のことを多用してるのは美結さんじゃない？」

「最初はそうだったんですが、ここ数年は心々乃も似たり寄ったりですよ？　美結の影響を受けてしまって……」

「『それもまた可愛いんですけど』っていうのが伝わってくるよ」

「っ！」

隠していたつもりだったが、恥ずかしい本心を悟られてしまう。顔に熱が集まっていく。

「ま、まあその大切な妹達ですからね。手がかかるほど可愛いってよく言いますからね。……って、これは二人には内密でお願いしますね⁉　これを逆手に取ったらもうしっちゃかめっちゃかにされちゃうので！」

「うん、わかった」

その時のことが想像できたのか、面白《おもしろ》おかしそうな表情で返事をしている遊斗。

「本当、何回も言ってることだけど、みんな仲よくて安心するよ」

「今後は遊斗さんも仲間入りしてもらいますからねっ？　昔のように……というのは、私達が甘えてばかりだったのでアレなんですが、あの時のように遠慮をすることがないくらいになりたいと思ってますから」

美結や心々乃には負けない、この気持ちを伝える。

「そ、そう言ってくれるのは嬉しいけど、真白さん達のお仕事がもっと大変になっちゃわない？」

「ふふ、あの時のようになれるなら、むしろ喜んで！　あの二人もそう答えると思いますし、どんなに忙しくてもこなしていくのがプロですから」

「本当にいいの？」

「はいっ」

十数年ぶりに遊斗に会うまではいろいろな思いがあった。緊張もあれば、怖い気持ちもあった。

でも、今はもう違う。

もっと関わっていきたいという気持ちでいっぱいなのだ。

(美結と心々乃は抜け駆けもするんだから……)

二人が独り占めすることがわかっていることもあり。

「それならお言葉に甘えて……お泊まりは早めにさせてもらおうかな。……遅くても再来週の休日に」

「わかりました！　では二人にもそのように伝えておきますね！」

「ありがと」

「いえいえ！　本当に待ち遠しいです」

(やったやった！)

具体的な日が決まると、実感が湧《わ》いてくる。

その嬉しさのまま——気をつけていたのに、クリームたっぷりのどら焼きを大きく頬張《ほおば》ってしまい、すぐにお手拭きで口元を拭きながらもぐもぐして飲み込む。

この時、真白の目に映っているのは、『あ』とした遊斗の顔と、テーブルの上に置いた予備でもらった未開封のお手拭き。

「……遊斗さんが狙っていること、気づいているんですからね。一緒にお出かけした時のこと、覚えているんですから。ちゃんと注意しているんです」

「バ、バレてたかぁ」

「これでも反省を活かすように心がけているんですからねっ」

同じ一限の講義を受けた後、大学を出て駅周辺に向かい、食べ歩きをしたあの日。

たい焼きのあんこを口につけてしまい、ハンカチで拭ってくれたあの出来事。

（あ、あんなに恥ずかしい姿はもう見せられません……）

思い出すだけで顔が赤くなり、全身が熱くなる。

それはもう何回も悶《もだ》えてしまったこと。

（それに、大学でもし口になにかをつけている現場を見られでもしたら……美結や心々乃に伝わる可能性があって、もしそうなった時には、私のお姉ちゃんという立場がなくなっちゃうんだもん……！）

そう。二人になにか注意する度に、口元に食べ物をつけていたことを、口元を拭いてもらったことを、言い返されてしまうだろう。

弱点を突かれ続けることになるから、絶対に美結や心々乃にはバレるわけにはいかない。

受注した仕事が残っていても早く通学するようにしているのだって、大学内で迷ってしまった時にどうにか対処できるように。

方向音痴を突かれないようにするため。

小さなことなのかもしれないが、『お姉ちゃん』というプライドは譲れない真白なのだ。

「本当、真白さんは真白さんで変わってないよね。昔からしっかりして」

「えっと……。私、昔からしっかりしてましたかね？　美結や心々乃と同じように遊斗さんにたくさん甘えてた記憶が……」

（遊斗さんのデザートをおねだりして食べさせてもらったり、一緒に遊んでもらうようにお願いしたり……）

過去の記憶を思い返したらキリがない。

『しっかりしてた』とは自信を持って言えない。

「それとこれは別じゃない？　むしろ甘えてもらえて嬉しかったよ。新しい家族になったわけだしね」

――が、に上手にフォローしてくれる。

「僕が真白さんのことをそう思ったのは、今と変わらず自分に厳しかったでしょ？　その他には美結さんや心々乃さんに譲って最後の順番にしたり、先に飲み物を注《そそ》いであげるようにしてたり」

「えっ、そうでしたかね⁉」

「間違いないよ。しっかりしてるなぁって印象をずっと持ってるから」

「……」

（そ、そう言ってもらえたら言ってもらえたで恥ずかしいです……ね）

むず痒《がゆ》い気持ちになってどら焼きに手をつけられなくなる。

「だから、さっきの言葉を借りて僕も一つ言いたいことがあって」

「それはなんでしょう？」

「僕も昔のように『遠慮をすることがないくらいになりたい』から、こうして二人きりの時には気を緩めてもらっていいからね」

「えっ」

　こう言われるとは想像もしていなかった言葉。

　思わず目を大きく見開いてしまう。

「なんて言うか、説明は難しいんだけど……今の真白さんって僕を美結さんや心々乃さんと同じ枠組みに入れてるでしょ？　しっかりした姿を見せないといけない。頼られるようにしないといけない。って」

「お、お見通しでしたか……」

　ここまでバレていたら、なにが言いたいのかは伝わる。

「つまり遊斗さん的には、甘えられる枠に入れてほしいということですね？」

「そんな感じかな。真白さんが立派にお姉ちゃんをしてるのは知ってるし、気を引き締め続けるのも疲れるだろうし、二人に言いふらすつもりもないから、なおさらね」

「……」

　自分が懸念していたことを、心配していたことを、サラッと全《すべ》て言い当てられる。

（ほ、本当、いつになっても遊斗さんには敵《かな》わないなぁ……）

優しい笑みを浮かべられ、観念する。

「そのようなことを言ってしまうと、遊斗さんこそ大変になっちゃいますよ？　ただでさえ美結や心々乃にワガママを言われるはずですから」

「義兄としてそれが一番嬉しいよ」

「本当ですか……？」

「もちろん」

言葉を借りたやり取りをしたため、同じような会話になる。

「って、まずは頼れる姿を真白さんに見せていかないといけないんだけどね」

「そちらはもうたくさん見せてもらってますよ」

「そ、そう？　心当たりはないんだけど……」

「ふふっ、詳細については内緒です。私の弱点になりますから」

口に人差し指を当てて、ポーズをしっかり取る。

（このお話ができて、本当によかったです……）

二人きりでなければ、絶対にできなかった話。

正直なところ、立場を気にせずに甘えられる美結や心々乃を羨《うらや》ましく思ってもいたのだ。

そして、都合のいいことだが、ちょっぴり残念にも思う時間だった。

この学生ラウンジを利用する人が誰もいなかったら、会話の流れで甘えることができたのにな、と。

おにぎりを少し食べさせてもらったり、逆にどら焼きを食べさせたり。

そんな悔いはあれど、気持ちを切り替えられる理由がある。

（遊斗さんがお泊まりにきた時には、たくさん甘えられるようになったから……。えへへ、美結と心々乃がお休みしたあとにでも……）

悪知恵が働くが、遊斗から言われたことなのだ。

正当な権利の行使ではあるだろう。

お泊り当日、どんなワガママを言おうか頭の片隅で考えると、ふと思った。

（今までに頑張ったこと、たくさん褒めてもらいたいな……）と。

そう思った時に一番に出てくるのは、遊斗に隠している今のお仕事だった。

第二章　賑やかに

偶然出会った真白《ましろ》と楽しいひと時を過ごした後。

三限の講義を無事に終え、十五時が過ぎた時間のこと。

「ホ、ホントごめん遊斗《ゆうと》兄ぃ！　バイトあるのに待たせちゃって。てか、あんなメッセージも送っちゃってさ」

「いや、気にしないで。本当に全然待ってないから」

両手を合わせ、金色の綺麗《きれい》な髪を靡《なび》かせながら、大学の正門前に駆け足でやってくる美結《みゆ》と顔を合わせる遊斗がいた。

「そ、そう？　問題ないならいいけど……。『時間合えば一緒にバイト先行こー』って送った側だしさ、あたし」

「講義が長引いたなら仕方ないよ」

「なんか気合い入ってるような先生でさ、タイムオーバーしても止まらなくって」

「でもそれ、普段の講義より楽しかったんじゃない？」

やる気のない先生と、やる気のある先生。口数が多いのは当然後者で、面白《おもしろ》い雑学を聞けることも多いのだ。

「まあテンション高くって雑談も多かった方だけど、そもそも講義の内容が難しいから、そっちに意識に割かれて頭に全然入ってこなくって」

「ははっ、なるほどね」

この返事から、話が脱線している間も講義の内容を理解しようとしていることがわかる。

派手な容姿をしてるだけにちょっぴり誤解されることもあるだろうが、本当に真面目《まじめ》な美結である。

「まあ苦労してる以上に大学は楽しいよ。楽しいからちゃんと頑張れるっていうか、マジ受験勉強頑張って正解だったね。この大学に進学してなかったら、遊斗兄ぃと気軽に会えてなかっただろうし」

「ありがと、そう言ってくれて」

「にひひ」

白い歯を見せて、ご機嫌な笑みを見せる美結だが、ここでハッとした表情に変わる。

「って、遊斗兄ぃはこれからバイトなんだから立ち話してる暇ないじゃん。ほら、早く行こ」

「あぁ、そうだったそうだった。話に夢中で……」

「おいおーい」

器用に片眉《まゆ》を上げる美結は、呆《あき》れ混じりのツッコミを入れて、進むように背中を押してくる。

そうして、駅前のカフェ。バイト先に向かって一緒に歩いていく。

「あ、そう言えば、美結さんと一緒に僕のバイト先に行くのは初めてじゃない？　いつもは僕が働いてる時に顔を出してくれるから」

「いやあ、実は今日は夜遅くまでカフェで過ごせないから、一緒に帰れなくって。だからせめてものって感じであのメッセージ送らせてもらってさ」

「それはお仕事が忙しくて……？」

「ち、違う違うそうじゃないって！　仕事はスケジュール通りにできてるから、全然余裕だし」

実際にその理由も多少あるが、それを言わなかったのは、それを気遣ってお泊まりの日が先送りになる可能性があったから。

やっぱりそれだけは避けたい美結なのだ。

「ただその、『夜ご飯はみんなで出来立てを食べようね』って今朝《けさ》真白姉ぇがお願いしてきたから、さすがに断るわけにはいかないんだよね。正確に言うと約束したし」

「そっかそっか」

聞いているだけで笑みが溢《あふ》れる内容。

「ちなみになんだけど、約束を破っちゃった時の真白さんの反応って知ってたりする……？　ちょっと気になって」

「これ教えるとあたしが約束破ったことがあるのバレるからアレなんだけど……めっちゃ想像

通りだよ。まず一日中ぷりぷりしてる。漫画でよくある怒りマークの表現技法が実際に目で見えるくらい」

「ほうほう」

「その他にはあたしに見せつけるように腰に両手当てながら動いたりするし、頬《ほお》も膨らますし」

「ぷっ」

「トドメに真白姉ぇが料理の全権握ってるから、あたしが苦手な材料マジで使ってくるわけ。作りたい料理もあらかじめ調べててさ」

「あははっ、それは大変だ」

十数年ぶりに会ってまだ多くの時間が過ぎていないが、本当に想像通りと言えるもの。また、聞く分には仕返しまで可愛《かわい》らしかった。

「まあ真白姉ぇは大人だから、ちゃんと謝ればぷりぷりも収めてくれるけど、その日の料理だけは絶対遂行するからキツくてキツくて」

「でも偉いね。最悪はコンビニとか外食で済ませたりする方法もあると思うんだけど、それをしないのは」

「偉いっていうか、悪いことしたのは事実だからねえ……。それに一応は食べられる料理も作ってくれるし、ホントに無理な時は心々乃《ここの》が手伝ってくれるから」

最初から『無理』と言わず、ちゃんと食べようとするのはさすがだろう。

「あ、手伝うことをは許可されてるんだ？」

「実際には黙認みたいな感じなんだけどね」

「えっ」

「なんか両手を目に当てて見ないようにするタイミングがあるっていうか」

「ははっ、それは本当に真白さんらしいな」

「そうなんだよねえ」

お姉ちゃんらしく、追い詰めすぎないようにするところ。苦しませすぎないように、しっかりと逃げ道を作っているところ。

確かにここまでしてもらえたら、約束を破る気にはなれなくなるだろう。

これは狙《ねら》ってやっているというよりも、真白の性格だから、より良心が働くのだと言えるのかもしれない。

「まあそれで話を戻すけど、そんなわけだから今日はいい時間になったらバイバイするね」

「わかった。それじゃあまた一緒に帰れる時は帰ろうね。いつでも楽しみに待ってるよ」

「そ、そう言ってくれるのはマジ嬉《うれ》しいけど……さ？」

ここで頬を掻《か》きながら歯切れが悪くなる美結。

「遊斗兄ぃ無理だけはしないでよ……？　ただでさえバイト終わるの遅い時間だし、あたしを送ってってなるとウチに帰るまでにめっちゃ時間かかるわけで」

「そんなことないよ。たったの十分十五分くらいで帰れるから」

「それはさすがに大胆すぎない？　嘘《うそ》が」

「……」

絵に描いたようなジト目を向けられ、思わず顔を背《そむ》ける遊斗。

「そもそもあたし、遊斗兄ぃの最寄り駅知ってるし。あたし送るってなったら確定三十分電車長くなるでしょ」

「えっと、あの……こ、言葉を間違えたというか。体感十分くらいって言いたくて」

「だとしてもかかる時間は一緒でしょー」

「ンッ」

『誤魔化《ごまか》してるのわかってるんだぞー』と言わんばかりに脇腹《わきばら》を人刺し指で突かれた遊斗は変な声を出してしまう。

「ぶっちゃけた話、遊斗兄ぃに負担がかからないわけないいじゃん？　だから逆にあたしが遊斗兄ぃを送る日があってもいいなって思ってるんだけど」

「うーん……。僕的にはそっちの方が何倍も負担があって」

「ん？　普通送ってもらう方が楽じゃない？」

「体力的な面で言えばそうなんだけど、気持ちの面は違うからね。夜も遅い時間なわけで、送ってもらった後に無事に帰れているか絶対心配になっちゃうっていうか。男ならなにかあっても力で対処することができるけど、女性はそうじゃないところもあるだろうし」

お節介な気持ちになっているのは承知しているが。これぱかりはどうすることもできないこと。

「ごめんね、美結さん。鬱陶《うっとう》しいこと言ってるのはわかってるんだけど」

「全然そんなことないって！　心配されて嬉しくならないわけないじゃん。関係が関係でもあるんだからさ」

送られるよりも、送り届けたいというのが遊斗の確固たる思い。

美結もそれを理解しているのか、こんなことを言う。

「でもどのみち、負担を減らすようにはしたいよねえ……。あたしとしても遊斗兄ぃと一緒に帰る日はほしいし、それでも負担をかけさせちゃうのは事実だし」

「そんなに気遣わなくても大丈夫だよ？　楽しいことをすれば負担があるのは当たり前なんだから。ほら、遊び疲れたり」

「なーんか言いくるめられてる気がする……」

『負担』を『疲れ』に言い換えて、正しいような、正しくないような論法を展開させる遊斗。

一つ言えるのは、このままでは遊斗のペースに乗せられてしまうこと。

なにか別の方法はないかと顎先に手を当て、頭を働かせる美結は、一案を思いつく。

「あ、いいこと考えた！」

「いいこと？」

「そ！」

これは『あの件』が決まってなかったら、今ここで口にすることはできなかっただろう。

「あたしを送り届けてもらうついでに、もうウチに泊まっていくってやつ」

「えっ⁉」

「これなら帰宅する必要なくなるから、遊斗兄ぃの負担なくなるじゃん？　あたし達からしてもみんなと一緒に過ごせてハッピーだし、時間割が合えばそのまま通学もできるし」

「た、確かにそうだけど、さすがに……ね？」

両手を振って遠慮する様子を見せる遊斗は、同意を求めるように首を傾げる。

確かにありがたいことではあるが、それとこれは話が別。

「じゃあ次のお泊まりでいろいろ感覚を確かめてみて、楽しかったらってことでどう？　もしこの話が進まなかった時は、『楽しくなかった』ってことが伝わるのが怖いところだけど」

「あはは、楽しめないことはないよ。絶対」

「ならいいけど」

「で、でも……真白さんや心々乃さんが了承してくれるのかも大事だから、それ以前の問題になるんじゃないかな。着替えもないから、お風呂《ふろ》の問題もあるし……」

「二人が嫌がるようなら、あたしからこんな誘いしないって。それに着替えはあたし達の家に予備を置いとけばいいじゃん？　シャンプーとか諸々はウチにあるの使えば問題ないし」

ポンポンと遊斗の肩に触れながら、説得を続けていく美結。

「ね、実際いい案じゃない……？　それとなく真白姉ぇと心々乃に確認を取ってみるからさ」

「それじゃあ一旦《いったん》お願いしていい？　その返事次第で今後のことを固めていこうかな」

「よーしっ！」

両握《にぎ》り拳《こぶし》を作り、満面の笑みでガッツポーズを作る美結は、その場でピョンとジャンプまでして喜びを伝えてくる。

ご機嫌な雰囲気を漂わせるその姿を見て、遊斗も表情が緩んでくる。

「じゃあこの話忘れないでよー？」

「約束するよ」

「なら約束の印に――」

そして、このタイミングで透き通るような白い手を前に差し出してきた。

「――手繋《つな》ご？　バイト頑張れるだけの元気も一緒にわけたげる」

「い、一応僕元気だよ？」

「そんな細かいこと気にしない気にしない！」

「ッ！」

今現在、よほど気分がいいのだろう。

また、『あたしを送り届けてもらうついでに、もうウチに泊まっていくってやつ』の話が一歩前進したことも嬉しかったのだろう。

有無を言わさず、手を握ってきた美結。

少しひんやりとした肌と、すべすべとした感触で、強い力を加えれば壊れてしまいそうで。

スキンシップの一環だというのはわかっているが、こうしたところから異性として見てしまいがちになる。

「……あっ、そうそう。今日は遊斗兄ぃと同期の人もシフトに入ってるの？　あたしのこと彼女だって勘違いした人」

「ううん、今日は休みだよ」

「そっかー」

「もし出勤日だったら変なことしようと企《たくら》んでたでしょ」

「にひひ、どうだろうね」

この時、多くは語らず、手を強く握ることで答える美結。

「……」

「……」

キリよく会話が終われば、無言の時間がやってくる。

そのままどれくらいの秒数が経《た》っただろうか　。

「……あ、あのさ、遊斗兄ぃ」

美結が先陣を切るように言う。

「今さらなんだけど、めっちゃ恥ずかしくなってきた……みたいな。冷静になってきた的な」

「ぼ、僕は手離していいよ？」

「……それはあたしがイヤ」

ボソリと反抗の意思を見せる美結は、顔を背けながら『だからリードして』と伝えるのだった。

＊

目的地であるカフェに着き、十六時三十分が過ぎた頃。

「……さてと、そろそろ帰ろうかな」

愛想よく接客している遊斗を見ながら、勉強に取り組むこと約二時間。

自習時間としてはまだまだ不十分だが、真白が料理作りを始める頃には帰宅しておきたいところ。

遊斗にどんな挨拶《あいさつ》をして帰ろうかと考えながら、勉強道具を片付けていたその時だった。

「ん？」

美結の視界の隅に映る。

店の外を行ったり来たり。

さらにはおずおずと中の様子を窺《うかが》っている怪しい人物を。……いや、美結からすれば毎日一緒に過ごしているその人物を。

「え、心々乃じゃん」

無意識に声を出して視線を定める。

店内に入る勇気が出せていないというのは見てわかる通り。

すぐにでも助け舟を出したいという気持ちにもなる。

「カフェってそんな入りにくい場所だとは思わないんだけどねえ……。お客さんも少ないわけじゃないし」

独り言を少し。

『まあ心々乃らしいけどさ』

そして、こう付け加えた美結は、貴重品を手に持って椅子《いす》から立ち上がる。

もう店を出るところではあったが、勉強道具が入ったバックは一旦そのままにして外に出る。

途端、すぐに目が合う。

「あ……」

「『ぁ』じゃないっしょ。『見つかった』みたいな顔しちゃって。そんなところでなにしてるの？」

「み、美結お姉ちゃんこそ」

「あたしはカフェを使ってたに決まってるじゃん。帰る準備してたところで心々乃見つけたから出てきたわけ」

「……また抜け駆けした。遊斗お兄ちゃん、働いてたから」

「同じことしようとした人に言われてもねえ」

「まだしてないもん」

片眉を器用に上げながら腕を組む美結と、言葉を強くしながら目力を入れる心々乃。

ここで睨《にら》み合《あ》いが発生するが、空気は穏和である。

二人にとっては普段通りのやり取りなのだ。

「てかさ、心々乃が一人でカフェにくるってめっちゃ意外なんだけど。あたしはてっきり真白姉ぇのお手伝い権使って一緒にくるもんだと思ってたから」

「……それは別のことに使うって決めてるの」

「こっちに使うのも大事じゃない？」

「もちろん大事。でも、別のことも大事だから」

「ふーん。変なこと考えてなければいいけど」

美結が詳しく聞かないのは、聞いたところでなにも教えてくれないことがわかっているから。

ただ、『遊斗に関すること』で真白に協力を仰《あお》ごうとしているのは考えるまでもないこと。

「で、これからどうするの？　心々乃は」

「……美結お姉ちゃんと一緒に帰る」

「ホントにそれだけでいいわけ？」

「……え、いいの？」

このように促されるというのは、そういうこと。

期待した上目遣《うわめづか》いを見せる心々乃である。

「いや、逆にその反応されると傷つくんだけど……。あたしのことそんなに心小さく思ってる？」

「そんなことない。でも、独り占めするから。抜け駆けもするから」

「その言葉、自分にも刺さってるからね？　マジで」

せっかく手伝ってもらえるチャンスなのに、ここまで素直に物申せる人は少ないだろう。

しかし、なんだかんだ言って美結のことを信頼しているから、ご機嫌取りな言葉は不要なのだ。

「それであたしはなにを手伝えばいいの？」

「お持ち帰りのやり方、教えてほしい。あと……できれば注文する時にも一緒にいてほしい」

「りょーかい。って言っても、レジに行って店内か持ち帰りかを答えて、注文するだけだけどね？」

　初めてのおつかいをする時のような可愛いお願い。

『店に入る勇気が出ないのも当然だねえ、これじゃ』と、心の中で思いながら目を細める美結である。

「あとさ、店内じゃなくていいの？　持ち帰りだと遊斗兄ぃが働いてるところ見れないけど」

「もう外から見られたから、今日は大丈夫……。それに帰る準備した美結お姉ちゃんと同じ気持ち」

「ひひ、まあそうなるか」

　今日は約束しているのだ。全員で出来立ての夜ご飯を食べると。

『真白が料理作りを始める頃には帰宅しておきたい』という気持ちは一緒。

　姉妹だからこそ、考えも似たり寄ったりするのだ。

「じゃあほら、早く入って注文するよ」

「み、美結お姉ちゃんから先に入って……」

「はいはい。歩きづらいからあんまり服引っ張らないでよ？　コケたら洒落になんないから」

「ん……」

　美結の背中に隠れるように、盾にするように。

これでようやく入店する準備が整う心々乃。

そうして二人で入り口を通れば、入店音が鳴り、「いらっしゃいませー」と言う遊斗の声が耳に届く。

「仕事中にごめんね、遊斗兄ぃ。ちょっとお届け物があって」

レジ前に着けば、早速。

「……ほら、いつまで引っ付いてんの」

本当は心々乃のペースに合わせて、負担のないようにしたいところだが、仕事中の遊斗なのだ。

迷惑をかけるわけには当然いかず、いつ別のお客さんがやってくるのかもわからないのだ。

心々乃の腕を摑《つか》んで引っ張り出し、背中から登場させる。

「はい、挨拶」

「……ゆ、遊斗お兄ちゃん……。この前ぶり……」

「この前ぶりだね、心々乃さん。今日は来てくれてありがとう。顔を出してくれて嬉しいよ」

「お！　ど、どういたしまして……」

ただの挨拶なのに、とんでもなく声が小さい心々乃。

『よく聞き取れるなぁ』と感心するほどのものだが、カフェという慣れない場であることもあって、こうなってしまうのは仕方ないこと。

「あ、あの、今日はお持ち帰りにする……」

「はーい。お持ち帰り用のメニューはこれなんだけど、なににする？」

「こんなにあるんだ……」

「同じコーヒーでも種類がたくさんあるから、メニューの量も多くなるんだよね。ゆっくりで大丈夫だから、好きなの選んでね」

「ありがとう……」

「いやいや〜」

普段よりも口調を柔らかく、表情も優しく、寄り添うようにして注文を取りやすいようにしようとしている遊斗。

カフェ初心者の心々乃を気遣うその姿をしっかり見る美結は、どこか嬉しそうに手を上げる。

「それじゃ、あたしはお邪魔みたいだから遊斗兄ぃ、注文取り終わるまで心々乃お願いしていい？　その間に帰りの準備済ませてくるよ」

「はは、別にお邪魔じゃないのに」

「心々乃の目見てみ？　『早よ行け』って目してるから」

「冤罪《えんざい》……」

「にひひ、まあそんなわけでちょっとの間よろしく」

一人で店内には入ることはできなかったが、それでも頑張って入り口には来ていたのだ。

『甘すぎる』と言われたら返す言葉もないが、これはそのご褒美である。

信頼できる遊斗に大切な妹《いもうと》を預けた美結は自分の席に戻り、手に持っていた貴重品をバッグに入れながらレジの様子を窺う。

「……楽しそうにしちゃって」

まだ緊張しているような心々乃だが、その横顔は活き活きとしている。

あとは注文をしてお会計をするだけ、というシンプルな工程を踏むだけ。なおかつ遊斗の柔らかい対応で、ホッとできたのだろう。

「……これなら別のお客さんが来ても大丈夫かな」

急《せ》かされるような状況になってしまったら……。という心配もあって、すぐに引っ張り出した美結でもあったが、これならもう心配もなさそうだ。

「まあこれであたしの抜け駆け場所も共有かな」

今の嬉しそうな心々乃を見て、この店で顔を合わせることが増えることを予期する美結は一人微笑む。

『注文が終わり、その注文品を受け取るまで待機しよう』と考えながら、二人の様子をこっそりと見守ることにする美結だった。


その数分後。遊斗が働くカフェを二人で出てからのこと　。

「……今日、会えてよかった」

「それ直接遊斗兄ぃに伝えればよかったのに。絶対喜んでたよ」

二重になったオシャレな紙コップを両手に持つ心々乃にツッコミを入れる美結がいた。

「だって、恥ずかしいもん……」

「そこは恥ずかしくても言うべきだと思うけどねえ？　カフェに顔を出しただけで頑張ったんだろうけど、お世辞じゃないわけだし」

「カフェにもっと慣れたら、言う……」

「じゃ、これからに期待ってことで」

「……ん」

顔を赤らめながら頷《うなず》く心々乃。

無理やりなことを言っていることはわかっている美結だが、遊斗と会える時間は本当に貴重なもの。

そのため、できるだけ一歩を踏み込んでほしいという思いを持っているのだ。

「そういえば心々乃はなに注文したの？　それ」

「キャラメルラテのホット。……チョコソース付き」

「へぇ〜、一丁前にカスタムしてるじゃん」

「遊斗お兄ちゃんがオススメしてくれたの。『人気のカスタムだよ』って」

「どう、美味《おい》しい？」

「美味しい」

「そっかそっか」

目を輝かせながら口をつけている心々乃を見れば一目瞭然だが、この感想を直接聞けるのはなんとなく嬉しい。

「美結お姉ちゃんも……飲む？　手伝ってくれたお礼」

お礼に飲みかけをチョイスするのはなかなか攻めていることだが、心々乃にとって今できることがこれくらいしかないのだ。

「正直、手伝った範疇になかったけど……お礼してくれるならもうちょいグレードアップ求ム」

「なににする……？　美結お姉ちゃんが決めていい」

「なら次にカフェで会った時、デザート奢《おご》ってもらうってことで」

「ん、わかった。約束する」

「どもども」

これで『また顔を出しに来てよ』という意図を伝える美結と、その意図をしっかり汲み取った心々乃。

そんな仲のよいやり取りをしながら駅の改札を抜け、ちょうど来た電車に乗り込む。

まだ十七時にもなっていない時間なだけあって、中はまだ空いている状態。

二人で座席に腰を下ろし、のんびりと過ごしていく。

「これ本当に美味しい……」

「溢《こぼ》さないようにだけ注意しなよ？　ヤケドも大変だから」

「ありがとう……」

「別に」

心配の言葉なだけに、ストレートなお礼には気恥ずかしいもの。

軽く受け流すようにして照れ隠しをする美結である。

「真白お姉ちゃんには内緒にしてあげる。美結お姉ちゃんが今日抜け駆けしてたこと」

「なに言ってんのよ。しっかり共犯なくせに」

遊斗と関《かか》わった時間で計算すれば、美結の方が抜け駆けの罪は大きいという論法の心々乃と、共犯だから怒られるのは同じという論法の美結。

「そもそもあたしを味方につけてた方がいいんじゃないの？　これからはカフェで顔を合わせる機会もあるだろうし、真白姉ぇにチクり合ってたら全員苦労するでしょ」

報告すればするだけ、真白からの追及を受ける二人。当然ながら追及する時間が増えてしまう真白。

確かに誰《だれ》も幸せにならないことだろう。

「でも、それはそれで罪悪感ある……。わたし達が遊斗お兄ちゃんと会ってる間、真白お姉ちゃんはわたし達のためにお料理の準備してくれてるから……」

「ま、まあ今まではあたし一人だったから、その罪悪感は背徳感だったんだけどねえ」

現状は真白だけが仲間外れといったもの。

『一人だけ楽しむ』という状況ではなくなったからこそ、背徳感はもうない。

「真面目な話をすれば、一週間に一回二回とかの上限は決めるべきだろうね。遊斗兄ぃも毎日来られると大変だろうし、真白姉ぇにも不誠実だし」

「お互いそうしよう」

「ここは騙《だま》し合いっこナシだからね？」

「ん」

いつも真白にうるさく注意される二人だが、感謝の気持ちは常に持っている。

『立派なお姉ちゃん』として尊敬もしている二人なのだ。

意見が合うのは当たり前のこと。

「ただ、一応言っておくと、これは真白姉ぇが抜け駆けしてない前提の話なんだけどね」

「え」

「心々乃も冷静に考えてみ？　あの真白姉ぇだよ？　抜け駆けしてないわけがないと思うんだけど」

抜け駆けしていない場合、とんでもない失礼を言っていることになるが、こう理解していても、こう思うだけの理由があるのだ。

「『冤罪だ』って顔してるねえ、心々乃は」

コク。

キャラメルラテを一口飲み、小さく頷く心々乃。

「じゃあ理由その一。まず一番最初に遊斗兄ぃと抜け駆けしたのは真白姉ぇだから。ほら、お昼に二人で食べ歩きしたってやつ」

「……証言、もう強く感じてきた」

至ってシンプルな理由だが、『確かに』というものはあるだろう。

なにより『一番最初に抜け駆けして、隠そうとしていた』のは事実。

「理由その二。遊斗兄ぃがなにも報告してないから、多分真白姉ぇは今までに一度もカフェに顔を出してないと思うんだけど、普通何日も会えてなかったら顔出しに来ない？　心々乃みたいにテイクアウトする形でもさ」

「……」

「つまりなにが言いたいかっていうと、どこかしらで会ってるから、あたし達みたいに顔出す必要がないんだと思うんだよね」

「っ」

真白の性格を一番知っていると言っても過言じゃない二人。

当然、共感することも多い。

「あとは『いい人にはいいことが起こる』理論で、真白姉ぇの運のよさで偶然遊斗兄ぃと会えてそう」

「一気に漠然となった……」

「ご、ごめんごめん。でも真白姉ぇのことだから、手料理ももっと食べさせたいはずだし、褒めてももらいたいはずだし、遊斗兄ぃの家にお邪魔するタイミングを狙ってそうなんだよね。虎視眈々と」

「とりあえず今日……聞いてみる。抜け駆けしてないか」

「今回ばかりは抜け駆けしててほしいけどね？」

「同じく。だから追及じゃなくて、聞くって言った」

先ほど言った罪悪感がしっかりある二人なのだ。

これを拭うには、同じ条件に立ってもらう他ないのだ。

「……美味しい」

「さっきからどんだけ言ってんのよ。めちゃくちゃ口から漏《も》れてるって」

「カフェの飲み物、こんなに美味しいなんて知らなかったから。もっとおっきいの選べばよかった」

「まあ今日はいい冒険ができてよかったじゃんってことで。って、一応遊べるだけのお金は稼いでるんだから、心々乃はもっと外出してみればいいのに」

三姉妹の中で誰よりもインドアな心々乃の生活範囲は本当に狭いのだ。

平日は大学に行ってすぐに帰宅。

休日は基本的に家の中。

中学生の時も、高校生の時も、今と変わらず。

遊びにも出かけず。

そんな生活サイクルの中にいるだけに、初めての機会も、久しぶりの機会も多いわけである。

「……お家の方が好き。一人のお外は疲れる」

「そんなもん？」

「ん。でも、これからはカフェの飲み物をゆっくり制覇していく」

今回の件を経て、心々乃は小さな贅沢を覚えた。

遊斗に挨拶をして、美味しい飲み物を飲みながら帰ると。

「じゃあ次は抹茶ラテ飲んでみてよ。ホイップクリームのカスタムで。これ最近のあたしのオススメだから」

「わかった。次飲んでみる」

「感想よろしく」

こうした素直なところが心々乃の一つのよさ。

にひっと笑う美結は次の話題に移す。

「あとさ、遊斗兄ぃのことでちょっと確認したいことがあるんだけど」

「なに」

「ウチに遊斗兄ぃの予備の着替えとか置くのって心々乃的にはアリ？　置き場所はあたしのクローゼットでいいからさ」

「どうしてそんなこと聞くの？」

「えっと、これは言いにくいことなんだけど……あたしってバイト終わりの遊斗兄ぃと一緒に帰ることあるじゃん？」

「……」

一瞬でジト目に変わる心々乃を見ないように、言葉を続ける美結。

「そ、そうなった時に遊斗兄ぃに負担がかかるから、もうウチに泊まっちゃいなよって流れを取りたいなって思って。これなら心々乃にもメリットあるでしょ？」

「ん、わたしは平気。むしろお泊りの回数増やせるように、頑張って」

「ども」

実際、こう返されるのは確信していたこと。

美結にとっては驚きもなにもない。

「でも、遊斗お兄ちゃんのお着替えはわたしのクローゼットに入れる」

「は？　なんでそうなるわけ」

　ここで予想外なことが起きたように頓狂な声を上げて目を丸くする美結。

「美結お姉ちゃんのクローゼット、服がいっぱいだから。わたしの方がスペースあるから合理的」

「……い、いやぁ、それはいいって。あたしのワガママなんだから、あたしがやることやるし。それに服が多いと言ってもスペースが空いてないわけじゃないし」

「わたしイヤじゃない」

「あたしもそうだし」

「……」

　合理的なのは間違いないはずなのに、『イヤじゃない』と言っているのに、やけに貫き通そうとする美結と対峙《たいじ》する心々乃は、むすっとしながら言い放った。

「美結お姉ちゃん、変なことしそう」

「い、意味わかんないんだけど」

「……遊斗お兄ちゃんのお着替えなのに、着て寝たりしそう」

「これは仮の話だけどさ？　仮にそうだったとしても別にいいじゃん。ちゃんと洗濯するし」

　この返事で図星を突いたことを確信する心々乃は、『むむむ』と眉を寄せた表情で責める。

この時、バレたことを察する美結でもある。

「てか、あたしよりも変なことしそうなのは心々乃でしょ。描いてるジャンルもジャンルだし」

「……そ、それとこれは別。わたしは需要に応《こた》えてるだけ。そんな人じゃない」

「興味があるからやってるくせに」

「うるさい」

R指定のイラストを一番投稿している点を突かれるが、もうこの手のことは何度も言われている心々乃。

動揺は薄い。

「じゃあさ、真白姉ぇにどっちのクローゼットに置くか判断してもらおーよ。絶対あたしになるから」

「お姉ちゃんは合理的な方を選ぶ」

「どうだかねえ」

折り合いがつかない話になったのは、両者の中では考えるまでもないこと。

そして、『泊まっちゃいなよ』という流れを取っていいのかということと、『着替えを置いていいいか』は真白にも確認をしなければならない。

これはついでに聞けることである。

「美結お姉ちゃんがそんなに自信あるなら、わたしはお手伝い権、賭《か》けてもいい」

「マジで？　二日くらい洗濯物手伝わせるけど」

「大丈夫。絶対、わたしを選ぶから」

「じゃあ望むところで」

そうして、お互いが自信のある顔で賭け事《ごと》を成立させるが――この先には考えてすらいない結果が待ち受けているのだった。

＊

「真白姉ぇただいまー」

「ただいま」

マンションの十五階。

一五〇九号の鍵《かぎ》を開け、玄関扉を開けながら二人がリビングに声を届ければ、「あっ！」と聞こえてくる声がある。

次にトタトタとした足音を響かせながら――。

「二人ともおかえりなさ～い！」

リビングと廊下を繋ぐドアを開け、エプロン姿の真白がすぐに美結と心々乃を出迎えていた。

その表情はなんとも明るく、嬉しそうで、二人の帰宅を待ち侘びていたことが伝わってくるほど。

「今日は一緒に帰ってきたんだ⁉　珍しいねっ！」

「ま、まあ偶然タイミングが合ったみたいな」

「ん、そう」

「そっかあ。二人とも今朝の約束守れて偉いです！」

この時間に帰ってきたということは、『出来立ての夜ご飯を一緒に食べる』という約束が守られたようなもの。

ご機嫌になるのも当然だ。

そして、遊斗と会ってきたことは一旦伏せながら……一応の事実で現状を乗り切る二人でもある。

「……あ、それでその、二人に謝らなきゃいけないことがあって……。ごめんね、まだご飯はできてなくて、あと三十分くらいかかっちゃうかも……」

「そんなの謝らなくていいって。いつもありがと」

「ゆっくりで大丈夫」

「は、は〜い！」

温かい言葉まで耳に入れ、嬉しいことがいくつも重なった結果、ちょっと反応が遅れてしまう真白だが、すぐに我を取り戻してニッコリ笑顔を浮かべた。

「それじゃあ二人はのんびりしててね！　今日も一日大学お疲れ様でした」

「真白姉ぇもお疲れさま」

「みんなお疲れさま」

　今日は全員が大学通学日。

　このように全員で労《ねぎら》い合うのも、出迎えがあるのも一般的には珍しいかもしれないが、仲よく生活できている秘訣《ひけつ》でもあるだろう。

「うがいと手洗いちゃんと終わらせてねー！　風邪を引いたら大変だから」

「はーい」

「わかった」

　この挨拶が終われば、大学で使ったリュックを自室に置き、言われたことをしっかりこなしてからリビングに向かう二人。

　そこで気づく。

「って、今日の献立ミニトマト使ってるじゃん……。あんな顔で出迎えしてくれたのにさー」

　美結がこの声を上げたのは、オープンキッチンの上に置かれた単品料理を見てからのこと。

「それとこれは話が別です。美結が私のこと『こんな見た目で』って言ったことはちゃーんと覚えてます」

ある。


「マジで容赦ない……」

「でも、たったの一皿。しかもお皿は中くらい。温情がある」

ここでフォローを入れるのは心々乃。

実際に三人でシェアするには少ない量。美結が食べなかったとしても、特に問題ない量でもある。

「ね、真白お姉ちゃん。このお料理なに？　すごく綺麗」

「でしょ～。これはカプレーゼっていうお料理で、一度作ってみたかったの！」

赤のミニトマトに、オレンジ色のミニトマト、白のカマンベールチーズにオリーブオイルを合わせ、ブラックペッパーとバジルを合わせた色とりどりの手軽でオシャレな料理。

映えるその一品をまじまじと見ている心々乃である。

「……食べるのもったいないくらい」

「そう言ってもらえると嬉しいなぁ」

「この見た目なら、美結お姉ちゃんもたくさん食べられそう」

「いや、それはあたしのトマト嫌いを舐《な》めてる。……まあちょっとは食べるようにするけどさ」

苦手なミニトマトが半数を占めている料理だが、実際に作ってくれた料理は必ず手をつけるように心がけている美結でもある。

「……真白姉ぇのことだから栄養バランスとか考えてのことだろうし」

「それはもちろんだよ。みんなには健康でいてくれないと困るんだから」

なんて二人が会話を交わしていたその最中。

カプレーゼにこっそり手を伸ばし、チーズを口に運ぶ者がいた。

「あっ、美結はお仕事しなくて大丈夫？　私のことは気にしないで作業して大丈夫だからね！」

「んー、なんだかんだ完成図は見えてるし、本気出せば終わるペースだから、料理食べ終わるまでここに一緒にいるよ」

「ふふっ、ありがとう」

「心々乃はお仕事のメールとか溜《た》まってない？　大丈夫？」

「……平気。あと、わたしもご飯食べ終わってからお仕事する」

「え～！　今日は二人ともどうしたの～？」

すぐに仕事部屋に籠《こも》らないことを聞き、もうニッコニコの真白。

一人で黙々と料理するよりも、その周りに誰かいた方が寂《さび》しくならないのだ。

会話も交わせるため、より楽しくなる。

ご機嫌になるのは当たり前のこと。

「べ、別にどうもこうもないって！　一緒にご飯食べる約束してるんだから、このままの方が都合いいなって。だよね、心々乃」

「ん」

「そっかあ」

これは真白を一人仲間外れにしてしまったことの罪滅ぼしのようなもの。

そんなこととはつゆ知らず、ぽわぽわとした雰囲気を発し、ニマニマした表情を浮かべる真白は、冷蔵庫を開けて次の食材を取り出す。

この時、先ほどの悪行を見ていた美結もチーズに手を伸ばす。

心々乃もそのタイミングで二個目のチーズを食べる。

仲間外れにしてつまみ食いもする。という悪行をこなす二人だが、『一緒にいる』ことで罪滅ぼしはしているのだ。

「あ！　あのねっ、そう言えば二人に伝えたいことが二つあって！」

「んっ⁉　なに？」

「……」

口にあったものをすぐに飲み込んで返事する美結と、もぐもぐを隠すように口の動きを止めた心々乃。

「今日大学にある学生ラウンジを使ってみたんだけど、すごくよかったから二人も使ってみてね！　っていうお話！　あのラウンジなら集中してお勉強ができるなぁって思って！」

「お！　あのラウンジ綺麗でいいよねえ、あたしもまあ使ったりしてるから結構お気に入り」

「あっ、美結はもう使ったことあるんだね」

「これでも一応勤勉だからねえ。あたし。勉強できる場所はちゃんとマークしてるわけよ」

滑り止めを受けずに一発勝負で大学を受験した真白と心々乃。

結果、『合格できる』という自信の通り、特待生にもなっている二人。

そんな二人とは違い、滑り止めも受けてギリギリの点数であの大学に合格をした美結なのだ。

学力で敵《かな》わないことも、大学全体で下の成績だということも理解しているからこそ、ついていくための努力はしっかりとしている。

「学生ラウンジ……」

そして、今まで口を閉ざしていた心々乃の呟きにいち早く反応する美結。

「名前は敷居高そうに見えるけど、一人で利用してる人も多いし、無料だし普通に使いやすいよ？　まあ時間帯によってちょっとカップルが多いのが気になるくらい」

「ふふっ、心々乃はやっぱりお家がいい？」

「ん、お家が落ち着く」

さすがはインドアな心々乃。

勉強も家派である。

「でも……真白お姉ちゃんと美結お姉ちゃんがラウンジ使う時は、わたしも使う」

「じゃあ仕事に余裕が出てきた時にみんなで使ってみる？　勉強会的な感じで、どうせならそのまま外食に行く的な」

「私は大丈夫だよっ」

「……なら、わたしも付き合う」

「よし！　じゃあ決定で！」

一人の空間で料理をするのは寂しく感じる真白。

その手の気持ちは同じようなもので、一人で勉強するのは寂しく感じてる美結なのだ。

「っと、ごめんごめん。話脱線させちゃって。それで真白姉ぇの伝えたいことの二つ目って？」

「うん！　この二つ目が本題になるんだけど、遊斗さんがお泊まりしてくれる日、来週か再来週の休日になるんだって！」

「え、それマジ⁉　来週ならもうちょいじゃん！」

「やった……」

キッチンに身を乗り出しながら食いつく美結と、表情があまり変わらないながらも両手を上げて喜びを伝える心々乃。

「それ聞いていきなり実感湧《わ》いてきたよ。ご飯食べ終わったらマジで仕事頑張ろーっと」

「わたしも頑張る。再来週の締切、できるだけ早く出せるようにする。お泊まりの日、お仕事のこと考えたくない……」

「二人とも無理しすぎちゃダメだからね。夜更かしもしないこと」

「はーい」

「わかった」

いろいろな予定が決まり始めた時期だからこそ、風邪を引きかねない行動は厳禁。

真白の見張りのスイッチがＯＮになった瞬間でもある。

「……ん？　てかさ、真白姉ぇはその情報どうやって仕入れたわけ？」

「えっ？　ど、どうやってって……遊斗さんから教えてもらったんだよ？」

「メッセージ？　それとも抜け駆け？」

「……」

先ほどの内容から一瞬、勘が働いた美結。

首を傾げながら問いかければ、返ってきたのは無言だった。

くりくりとした大きな目を持っている真白だから、瞳孔が揺れたことにも気づくこともできる。

「真白姉ぇ、もしかしなくてもさ」

「ち、ちちちち違うよっ！　美結がいきなりビックリすること聞いてきたから！」

「ビックリすることってそれ、やましいことがあるからそうなるんじゃないの」

「……」

目を半分に細めて詰める美結と、無言の圧をかける心々乃。

当然と責められる流れを作られる真白は、口をぱくぱく動かしながら攻勢に転じようとするが、それよりも先に追撃を受けることになる。

「……真白お姉ちゃん、また最初に抜け駆けしたんだ」

「今思ったんだけど、学生ラウンジも遊斗兄ぃと一緒に使ったんでしょ。ついでにカップル気分でも味わってたんじゃないの」

「……わ、私が使ってた時はカップルの人全然いなかったもん！」

「はい認めた。やっぱり遊斗兄ぃと一緒に過ごしてたんじゃん！」

「っ!!」

遊斗と使っていたことは否定せず、ラウンジの詳細だけ。

美結の言う通り、認めたようなもの。

心々乃もまた一緒にいたことを確信した一人である。

「……真白お姉ちゃん、『迷惑かけないように』っていつも言ってるのに」

「だ、だからそれは違うの！　私は抜け駆けをしたわけじゃなくて、偶然遊斗さんと会っただけなの！　メッセージで呼び出したりしたわけでもないんだから！」

料理しながらする話ではないことをいち早く察し、ＩＨコンロの火を消しながら言い返す。

「それにしては隠そうとした理由が謎《なぞ》だけど」

「別に隠そうとしたわけじゃないもん……。『抜け駆け』って言われたから動揺しただけだよ……。ラウンジで変なことできないのは美結ならわかるでしょ？」

「その分、今後に繋がりそうな布石は打ってそうだけどねえ」

「……な、なんのことだかさっぱりです」

冷や汗が流れる感覚に襲われる真白だが、大体は取《と》り繕《つくろ》えている。

ただ、まばたきが早いだけ。

「美結お姉ちゃん本当にすごい……。予想してたこと当たってる」

「まさかここまで当たってるとはあたしも驚きだけどねえ。……まあこれで（仲間外れじゃないってことで）一安心だけど」

二人の間で会話が盛り上がる一方、全然話についていけない真白。

「ああ、ごめん。二人で帰ってる途中、真白姉ぇが遊斗兄ぃと会ってたんじゃないかって話ししててさ」

「ほとんど全部当たってた」

「ええ……」

「遊斗兄ぃと一緒にいた場所が人目あるラウンジじゃなかったら、一体どうなってたことか。ぬいぐるみ抱きつき魔だし」

「それとこれは関係ないでしょ⁉」

「遊斗さんにだけは甘えるから、関係ある」

「も、もう……」

人数不利になれば、こうして攻められ続けるのが三姉妹の環境。

ずっと一緒に暮らしているからこそ、なにをしそうなのかも簡単に想像できるのだ。

「……そ、そろそろお料理をさせなさい。二人のためにも作ってるんだから」

「はいはい、ごめんごめん」

「美結お姉ちゃん、今のうちにあのこと聞く……？」

「あ、それもそうだね」

「うん？　あのこと……？」

火を再度つけたところでのこの会話。

眉を上げながら首を傾げれば、すぐに詳細を聞く。

「まあその、さっき攻めた側がこんなこと言うのがごめんなんだけど、あたしって遊斗兄ぃにウチまで送ってもらうことあるじゃん？」

「……」

「ちょ、目力入れるのやめてって……。謝ったんだから」

『自分だけ棚に上げて』という視線を向けられる美結は、どこか慌てるように手を振りながら言葉を続ける。

「そ、それでさ！　送ってもらうのは遊斗兄ぃに負担をかけるから、そのままウチに泊まらせるのはアリ……？　っていう確認を真白姉ぇに取りたくて。もちろん今回のお泊まり後の話になるんだけど」

「それは美結の一方通行じゃなくて、遊斗さんにちゃんとお話を通した上のことなんだよね……？」

「さすがにね。心々乃も大丈夫って話だから、あとは真白姉ぇだけなんだよね」

三人で均等にお金を出し合って住んでいる家なのだ。

家主が実質三人ということで、自分勝手に進めることはできず――。

「で、どうかな？」

次の返事は予想していたことである。

「どうもこうも、遊斗さんが迷惑に思ってないなら私も喜んで！」

「いえーい」

「ただ！　無理に誘うことは絶対にしないこと。美結の気持ちを遊斗さんに押しつけないこと。わかった？」

「うーい！」

長女らしくビシッと振る舞っている真白だが、もし尻尾《しっぽ》がついていたらブンブンと左右に揺れていることだろう。

冷静に口を動かしているが、今誰よりも喜んでいるのがこの人物だ。

「でさ、もう一個だけ真白姉ぇに」

「うん……？」

「ウチに泊まることになったら、遊斗兄ぃの着替えが絶対必要になるじゃん？　だから今回のお泊まりの日にでも、遊斗兄ぃには着替えを持ってもらうように案内するんだけど、その着替えをあたしのクローゼットに入れるか、心々乃のクローゼットに入れるか折り合いがつかなくてさ」

ここまでが真白に聞かなければならなかった話。

「……真白お姉ちゃん、わたし選んで。美結お姉ちゃんのクローゼットぐちゃぐちゃで入らない」

「普通に入るし！　てかちゃんと整理してるし！」

「でも、わたしのクローゼットの方が合理的。余裕あるから」

「確かにそうかもしんないけど、心々乃はやらしいことに使う可能性大じゃん。イラストに煩悩ぶつけてるし」

「っ！　そんなことない……」

嘘を織り交ぜながら急激にヒートアップする二人。

互いにお手伝い権を賭けていることもあるが、それ以上に遊斗の着替えを手元に置きたい二人なだけに譲れないのだ。

こうなることが最初からわかっていたから、最初から真白に決定権を委《ゆだ》ねたのは正しいだろう。

「えっと、本当に私が決めていいの？」

「マジで決めていいよ。あとでグチグチ言ったりしないから。……ただ、あたしが遊斗兄ぃを連れてくる的なとこは加点してくれるよねえ？」

「真白お姉ちゃん、合理的は大事」

その最後の言葉を以って、真白の判断に委ねられる。

そんな重要なポジションに立つ真白が笑顔で出した結果は、これ。

「じゃあ、遊斗さんのお着替えは私のクローゼットに収納します！」

「……」

「……」

ここで数秒の間。

「は？」

「え」

少しずつ状況を理解する美結と心々乃は、お互いに顔を見合わせ、この声を真白に飛ばす。

「だって私が決めていいんだよね……？　ならここは一番のお姉ちゃんが管理をするべきで

す」

「い、いや、それはまた話が違うっていうか……」

「条件が違う……」

呆気《あっけ》に取られた表情を浮かべる二人が正しいことを口にして、真白の勢いを削《そ》ごうとするが、もう止まらない。

「それはそうと二人とも、カプレーゼにとっても重要なチーズをこっそりつまみ食いしたよね。私、いつも注意してるよね」

「……」

「……」

ゴゴゴゴとオーラを出していく真白と、さりげなく視線を逸らす二人。

配色にもこだわって作った料理だからこそ、不恰好な色に変わっていることにすぐ気づく。

主張の強いチーズの数が減っていることにも当然気づく。

そして、分が悪いことがあれば、とことん突かれるのが三姉妹の日常。

「はい！　遊斗さんのお着替えは私のクローゼットに決定です。説教しない代わりにこれで大目に見てあげます」

手をパンと叩き、有無を言わさない満面の笑みでいいとこ取りをする。

「はあ。心々乃のせいで……。あたし一個しか食べてないのに」

「真白お姉ちゃんが冷蔵庫に入れてないせい……」

「あれ？　なにか言ったかな？」

「なんでもなーい」

「わたしも……」

勝敗はもう決したのだ。

力のない言葉を返しながらトボトボと足を動かし、シンクロさせるようにソファーに座る二人。

「って！　あたしの膝《ひざ》勝手に使わないでよ。逆に使わせろし」

「……早い者勝ち」

次の瞬間、美結の太ももに頭を乗せる心々乃である。

真白に漁夫の利を取られて傷心した二人だが、その気持ちを癒《いや》すには、できるだけ楽な体勢になることが必要。

ガヤガヤとしたリビングもようやく落ち着きを取り戻すのだった。

第三章　計画

それから四日後。講義終わりの放課後であり、バイト休みの今日。

「マジでいいのか⁉」

「もちろん。今日は相談に乗ってくれてありがとう」

「いやあ、こんな下心はなかったんだがマジサンキューな！　その代わりと言っちゃなんだが、風邪引いた時はすぐ教えてくれよな。差し入れ持ってくからよ」

「ありがとう」

遊斗《ゆうと》は大学内に出店しているコンビニで、友達の勝也に数点の商品を奢《おご》っていた。

時に奢り、時に奢ってもらい、時にノートを見せたり、見せてもらったり。

大変な大学生活を支えあっているのが二人の関係。

まだ一年ほどしか関《かか》わりがなく、弟妹のことになるとネジが外れる勝也だが、遊斗が信頼している一人である。

「……いや、でももうこの手の役目はもう花宮《はなみや》三姉妹がやってくれるわな」

「そ、そうかもしれないけど、さすがに遠慮してもらうよ」

「弱ってるところは見せたくねえってか？」

ある。


「はは、正解」

優しい三人だから頼めば看病もしてくれるだろう。

しかしながら、風邪をうつすわけにもいかない。迷惑をかけることも極力したくない遊斗である。

「にしてもよ、泊まりに誘われるくらいの関係になってたとかマジビビったぜ？　オレ。先にそっちを教えてくれよ。『差し入れはなにがいいか』って相談するよりも」

「そ、それはごめん」

このようなことはあまり教えない方がいいのだろうが、三姉妹と義兄の関係であることを最初に教えた相手が勝也である。

また、泊まりに行く上で、どのような差し入れが喜ばれるのか相談できる相手もなかなか見つからなかったのだ。

「やっぱ関係が関係なだけに、すぐ距離が縮まるもんなんだな。あの三姉妹、お前以外には警戒心すげえらしいぜ？　絶対に懐《ふところ》に入らせねえっていうか」

「そ、それは家族だったからね？　って、全員ってことはないような」

人見知りな心々乃《ここの》は勝也の言うことに当てはまっているだろうが、誰《だれ》に対してもふわふわしている真白《ましろ》と、コミュニケーション能力抜群な美結《みゆ》はこれに当てはまっていない気がする。

「いや、それがそうでもないらしいぜ？　噂によるとこの大学で連絡先交換に成功した男、まだいねえらしいし。なんか普通に躱《かわ》されるんだよと」

「あ、ああー。それについては想像できるかも」

『懐に入らせねえ』の言葉と、『躱される』の言葉でなんとなくのイメージができた遊斗。

真白は『ごめんなさい』と丁重に断って。

美結は『んー、ダメ』と手を振りながら。

心々乃は無言のまま、首を横に振って拒否、と。

「オレみたいに三姉妹もサークルに入ってたら、連絡先交換も簡単にできてたんだろうけどな。確か全員入ってねえだろ?」

「僕も詳しくは知らないんだけど、多分入ってないんじゃないかな。いろいろ忙しくしてるみたいだから」

「ほう」

在宅で仕事をしていることを内緒にしている三人なのだ。これぱかりは誰にも教えない方がいいだろう。

「まあもしどこかのサークルに入りたくなったってことなら、オレを頼ってくれな。そっちの人間と繋《つな》ぐからよ」

「助かるよ。じゃあその時は力貸してもらうね」

「バイトばっかり入れてるお前も含めてだからな?」

「あはは、それはどうも」

サークルに入らず、バイトを優先している遊斗だが、こう言ってもらえるのは本当に嬉《うれ》しい。

笑みを溢《こぼ》し、コンビニで買った飲み物を口につけた瞬間だった。

「……な、なあ遊斗」

「ん？」

窓から遠くを眺め、眉《まゆ》を顰《ひそ》めた勝也。

その横顔を見ながら首を傾げれば、険しい表情になっている理由を知ることになる。

「噂をすればなんだが、あそこでサークルの勧誘受けてんの……心々乃ちゃんじゃねえか？」

「え、どこ？」

「ほら、あそこあそこ」

この指差しで遊斗も目に入れる。

二人の男子大学生に付《つ》き纏《まと》われているように、時折、正面に立たれて逃げ道を防がれて勧誘されている心々乃の姿を。

「あれ、しつこくやられてね？　間違いなく」

「……」

「って、おいおい。顔怖えよ」

「あ、ごめんごめん……」

促して隣を見る勝也が見るのは、誰よりも険しい顔をしている遊斗。

すぐに元の顔に戻したが、ピリピリとした空気は漏《も》れたままで、落ち着きないように口を動かすのだ。

「えっと、その……本当ごめん勝也。僕ちょっと行ってくる」

「んなこと言ってる暇があればさっさと行ってこい。可哀想《かわいそう》だろ」

「う、うん」

「もうここに戻ってこなくていいからなー。その代わり無事に帰してやってくれ」

「わかった！　それじゃ、またね」

「おう、またなー」

その言葉を最後に、慌てて走っていく遊斗の背中を見送る。

「……兄ちゃんの顔だったなあ、ありゃ」

一人になってすぐ。

遊斗が忘れていったペットボトルの処理をどうしようか迷いながら、ボソリと呟く勝也だった。

＊

「ねえどう？　興味あるでしょ？」

「一回見学に来るだけでもさ！」

「いい……です」

ふるふると首を左右に振って、拒否する心々乃は前を進もうとするが、そうさせてくれない。壁になるように前に立ち、行き先を封じてくる二人の男子大学生。

（断ってるのに……）

大学に入学してサークルに勧誘されたことは何度かある心々乃だったが、今までは断ったらすぐに引いてくれた。

今回、こんな対応をされるのは初めてだからこそ——身長も高く、体格もいい相手だからこそ、『怖い』という感情に襲われる。

助けを求めるように周りを見るも、面倒くさいものには関わりたくない、というように素通りされる。

「そんな連れないこと言わなくてもいいじゃん！」

「絶対楽しいから！　俺達《おれ》の顔も立てて、ね？」

一歩、後ろに下がれば、一歩近づいてくる。距離を詰められる。

（……怖い、よ……）

一人で解決しなければならない状況。しかし、解決しようのない状況。

手も、足も、震えてくる。

勧誘してくる相手に目を合わせられず、恐怖の時間を何分耐えただろうか。

背後から聞こえてくる足音。

そして——。

「——すみません、この子と待ち合わせしてるので、もうその辺にしてもらってもいいですか」

「っ」

聞き覚えのある声。伏せた顔を上げた瞬間だった。

隣にいてくれるだけで、安心できる人が立っていた。

「あ、ああ。それ本当？　今勧誘始めたばかりでさ」

「嘘《うそ》つく意味ないですよ」

「ま、まあ……」

初めて聞く、どこか冷たい遊斗の声色。

でも、それがなおのこと安心した。

本気で守ってくれようとしていることが伝わってくるのだから。

（遊斗お兄ちゃん……）

さらには先日、美結の背中に隠れてカフェに入った姿を見ていたからか、手首を優しく掴《つか》んできて、『後ろに回って』と力を込めてくれる。

「それでは僕たちはこれで失礼しますね。……行こっか、心々乃さん」

「ん……」

次に『歩くよ』というように力を前に入れてくれて……ようやく足を前に進めることができた。

「……」

「……」

そうして、本当にしつこかった勧誘から距離が取ることができたその時。

「いやあ〜。災難だったね」

緊張の糸が切れたような声と、場を和ませるような笑顔を見せる遊斗と目が合う。

「あとごめんね、待ち合わせだなんて嘘ついちゃって」

「ん、気にしないで。遊斗お兄ちゃんのおかげで助かった……。ありがとう……」

「いやいや、とんでもないよ」

助けるための嘘なのはちゃんと伝わっていた。

状況が悪化する可能性もあったのに、助けてくれたことも。

今回は本当に迷惑をかけてしまったが　……。

(言葉にならないくらい、嬉しい……)

同時に、そうも思った。

「……」

この時、勇気を持って後ろを振り返ってみれば、勧誘してきた学生達ももう姿は見えなかった。

怖かった時間が終わったことをようやく実感し、張り詰めていた気持ちもようやく戻る。

「遊斗お兄ちゃん、あんなことってよくある……?」

「んー。よくあるとは聞かないけど、たまにあるのは間違いないかな」

「……すごく怖かった」

「男でも怖くなることがあるから、女の子はもっとだよね。本当、気づくことができてよかったよ」

本当にその通り。

遊斗がいなかったらどうなっていたか、想像もしたくない。

「あのサークル自体、誘われたの三回目」

「えっ⁉　ははっ、可愛《かわい》い子は大変だね」

「……っ」

普段言わないようなことを、サラッと言ってくる。

これも安心させるためだろう。

少しでも早く、怖い気持ちを払うためだろう。気持ちを切り替えられるようにするためだろう。

（……）

たくさんの気遣いに触れ、心が温かくなる。

お世辞だったとしても、さっきの褒め言葉を思い返せば、心臓の音が大きくなっていく。

「あ、あの、遊斗お兄ちゃんは今日お仕事ないの？」

「そうだよ。今日は休みだから、一人でボケーっとしてたというか」

「……」

当たり前の顔で言う遊斗。

一般的にもよくある時間の過ごし方なのかもしれない。ただ、『大学内で』となると少し違和感があった。

「本当に一人でいたの？」

「う、うん。一人一人」

「お友達とじゃなくて、一人でぼーってしてたの？　お家に帰らずに」

「あ、それは……なんていうか、あ！　勉強してて」

「さっき『ボケーっとしてた』って言った」

「そ、それはちょっと言葉の綾というか、素直にそう言うのは恥ずかしくて！」

追及すればするだけ慌て始める遊斗。目線まで泳ぎ、どんどんと早口に。

嘘に嘘を重ねた結果、取り返しがつかなくなっているのは明白だった。

「その人にも……『ありがとう』って、伝えてくれたら、嬉しい」

「……わかった。もしいたとしたら、ちゃんと伝えとくよ」

「ん」

（やっぱり、遊斗お兄ちゃんの周りにはいい人ばかり……）

この言い方で遊斗が友達と過ごしていたことを確信する。その時間を割いて、助けにきてくれたことも。

また言い方を変えれば、友達は遊斗と過ごすはずだった時間を譲ってくれたということ。

『いい人にはいい人が集まる』、つまり『類は友を呼ぶ』ということわざはやっぱり正しいんだと思う心々乃だった。

「遊斗お兄ちゃん、戻らなくて大丈夫……？　用事、残ってると思う」

「いや、もう終わらせたから平気だよ。心々乃さんと同じでもう帰るところ」

「……そう、なんだ」

優先してくれて申し訳ない気持ちと、優先してくれて嬉しい気持ち。

複雑な思いに包まれるが、嚙《か》み砕《くだ》けば嚙み砕くだけ、大事にしてくれているんだとの実感が湧《わ》き、後者の気持ちが強くなっていく。

「ちなみに心々乃さんって、これからなにか用事が入ってたりする？　……もし用事がなかったら、これから一緒にどうかなって思って」

「いいの……？」

「もちろん。怖かったことは楽しいことで上書きしなきゃ！　っていうのは方便で、僕がただ一緒にいたいだけなんだけどね」

予定になかったことなのに、せっかくの休みなのに、嫌な顔をすることもなく、微笑みながら伝えてくれる。

一緒にいたいこと〝も〟本心なんだと伝わってくる。

（こういうところ、真似したいな……）

口下手だから難しいところだが、本当に素敵だなと感じるところで　。

「……わたしも、遊斗お兄ちゃんと一緒にいたい」

「それはよかった。じゃあ行き先はどこにしようかなぁ」

「カフェはダメ？　遊斗お兄ちゃんが働いてる……。この前、美結お姉ちゃんから、抹茶ラテ飲んでみてってオススメしてもらったの」

『オフの日にバイト先は利用しづらい』というのは聞いたことがあるのだ。だから確認する。

「ううん、そのくらいなら全然。そう言えば心々乃さん、店内を使ったことまだなかったよね？　今日はせっかくだし使ってみよっか」

「ん」

「よし！　それじゃあ行こっか」

「行こ」

笑みを向けられ、心々乃も目を細め返し、肩を並べて大学の正門を出る。目的地に向かって歩いていく。

（嬉しい……）

この間も、心々乃は口にしなかった。

遊斗に絶対に教えた方がいいことを。ずっと気づいていたことを。

伝えてしまえば終わってしまうから、言わなかったのだ。

助けてもらった時に摑まれたその手首に視線を送り、まだ繫がっていることを再確認すると、自然に口角が上がる心々乃だった。

＊

「……ただいま」

「あっ！　おかえりなさ〜い！」

「おかえり、心々乃ー」

遊斗と二人きりで楽しいひとときを過ごしたその後。

トコトコと帰宅した心々乃を、菜箸を持って出迎える真白と、仕事部屋から顔を出して出迎える美結がいた。

「真白お姉ちゃんと、美結お姉ちゃん。キリが悪い時とか、忙しい時は出迎えなくて大丈夫だよ」

「ううん、キリが悪いなんてことはないから心配しないで！」

「……お箸持ったまま言われても」

「と、とにかく私がしたいからするのっ」

「あたしも別に忙しくないから気にしないでー」

「締切に追われてるのに」

「にひひ、会って早々言ってくれるねえ。まあ出迎えができないほどじゃないから、全然平気だって」

お姉ちゃんの真白がずっと続けていたこと。そんな長女の姿を見ているから、出迎えは当たり前のことになったのだ。

「にしても今日、心々乃帰ってくるの普通に遅くない……？　大学の時間割、そんなに詰めてるわけじゃないじゃん？」

「本屋さんに寄ってたの？」

同じ屋根の下に住み、同じ大学生活を送っているからこそ、普段と違うことがあればすぐに気づくこと。

二人の問いかけを受けた心々乃は、首を横に振って正直に言うのだ。

「遊斗お兄ちゃんと一緒にいたの」

「えっ」

「ほうほう……。抜け駆けを堂々と宣告するのも珍しいじゃん。一体全体なにがあったわけ？」

報告を聞いた瞬間のこと。

羨《うらや》ましげな目を作る真白と、いち早く事情を察する美結である。

「あのね、今日困ってたところを遊斗お兄ちゃんに助けてもらったの……。断っても、ずっとサークルに誘ってきた人がいて」

「そんなことがあったの⁉」

「うわ、それは災難だったねえ……。なんていうか、強く断れない心々乃の性格を狙《ねら》い撃《う》ちしてそうだし」

この報告を聞き、キッチンから出てきて心々乃に近づく真白と、同じように仕事部屋から出てくる美結である。

「本当に怖かった……。もし遊斗お兄ちゃんが助けてくれなかったら、連れてかれたと思う……」

XXX

「今日はいっぱいご飯食べて休んでね？　あとはちゃんと入浴剤も使って、お風呂《ふろ》でゆっくりすること」

「ん」

遊斗と一緒に過ごし、楽しませてくれたおかげで気持ちの切り替えはできているが、あの時のことを思い出すと鳥肌が立ってくる心々乃。

ストレスもすごかったのだ。

ここは真白の言う通り、甘えることにする。

「あのさ、逆に真白姉ぇはその手のこと大丈夫なわけ？　心々乃と同じでやられたことあるんじゃないの？」

人見知りで大人しい心々乃に、見た目からしても近寄りやすい真白。

美結が考えるに、どちらも格好の獲物なのだ。

「私も一度だけ諦《あきら》めてくれなかった勧誘があったけど、怒ったらちゃんとわかってくれたから」

「え？　それ効果あったの？」

「うん！」

「ふーん……。あ」

『真白姉ぇが怒っても全然怖くないのに。……地雷さえ踏み抜かなければ』と懐疑的な美結だったが、考えを改めた。

真白をしつこく勧誘した相手が、考えの通り、地雷を踏み抜いてしまったのではないかと。

実際、真白のことをよく知らなければ、不可避と言えるようなもの。

何度も踏み抜いた可能性までも考えれば、無意識に頬《ほお》が引き攣《つ》る。

「美結お姉ちゃんは、しつこい勧誘されたこと……ある？」

「そりゃあるよ。派手な見た目してるわけだし」

意に返さずに正直に教える美結。

「ちなみにあたしは三回だね。それも全部ヤリサーみたいなとこでさ」

「っ！」

「……えっち」

「はいはい」

さすがは年齢制限のイラストを軸に活動している心々乃。ボソリと呟き、しっかり食いついてくる。

その一方で、呆気《あっけ》に取られた表情を見せている真白である。

それは『ヤリサー』という言葉ではなく、『三回』という数、である。

「み、みみみみ美結は大丈夫だったの⁉」

「そんなに心配しないでってて真白姉ぇ。ケロってしてる心々乃を見習ってよ」

「ん、美結お姉ちゃんなら心配いらない。絶対大丈夫」

「そうそう。失礼な相手にはあたし強く出られるし。ていうか、しつこい相手には『ウザい』くらい言わないと基本躱せないよ？　相手は断られ慣れしてるんだし、押せばなんとかなるって考えてるんだから」

露出のあるファッションが好きで、気ままに着用していることもあり、待ち合わせをしている時も、友達と遊んでいる時にも、ナンパされることがある美結。

その時にしていた対処の経験が、サークルのしつこい勧誘時にもしっかり活かせているわけである。

「まあ、いきなり『強い言葉を使え』っていうのは無理な話だろうし、使いどころを間違えたら相手を怒らせるから、心々乃はまず振り切ることを覚えるのが大事だろうね」

「振り切る……？」

「丁寧に対応すればするだけ脈があるって思われるもんだから、簡単に言えば走って逃げろってこと」

ちゃんとわかってもらえるように、普段よりも少し喋《しゃべ》るテンポを遅くすることを意識する美結。

「難しいこと言う……」

「別にまく必要はないって。ただ『走って逃げる』ってアクションを起こせばいいだけなんだから」

「……本当？」

「マジマジ。『追いかけられてる』なんて周りから思われるような行動、絶対取らないから。助けに入られることとされたくないしね。相手は」

「納得……」

「なるほどー」

静かに聞いていた真白も、頷《うなず》いて返事を。

「てなわけで、人目があるところだとマージでこれ効くから、サークル系の勧誘はこれで一発だよ」

人差し指をピンと上に伸ばしながら、的確なアドバイスを終わらせた。

「わたし……逃げるのは、考えたことなかった」

「でしょ？　まあこれは人によりけりってことで、真白姉ぇは一人でなんとかできるだろうから、特に言うことはないかな」

「ふふん！」

なんて大人に見られているかのように嬉しそうで、誇らしそうにしている真白ではあるが……。

『意図せずに相手が真白のコンプレックスに触れていきそう』という可能性が超高いのだ。

さらには小、中学生のような幼い容姿でもあるため、救いの手を差し伸べられやすいという点もあるのだ。

以上の二点から結論を出した美結。

無論、失礼だとわかっているために、詳細は言わない。

「あとはそうだ。もし逃げられないってなった時は、あたしに連絡してくれる？　すぐ助けにいくから」

「……嬉しい。でも、大丈夫」

「遠慮しなくていいって。これでも真白姉ぇと一緒で心配してるんだから」

憎まれ口を叩くこともあるが、大事な家族で、いつも大切に思っている。

仕事部屋から出てくる美結は近づきながら言うが、心々乃にも明確な理由があってのことなのだ。

「遠慮してない。ただ、もしなにかあった時には、遊斗お兄ちゃんに連絡するように言ってもらったから」

「……」

「……」

初耳な情報に顔を見合わせる真白と美結。

そして、さまざまなアドバイスをした美結がすかさず攻勢に転じるのだ。

ノーモーションで心々乃の頬っぺたを両手で摑み、グーッと真横に伸ばして。

「ねえ、それを先に言わないと絶対ダメでしょ。その情報、ちょっと隠そうとしてたでしょ」

「美結の言う通りだよ？」

「うー……。ごめんなさい……」

図星を突かれたような、看破されて弱ったような声を漏らす心々乃。

全《すべ》ての言葉が正論であるだけに、もう無抵抗にやられてばかり。

この行動で反省を伝えるのだ。

「真白姉ぇさ、心々乃を助けてくれたお礼に遊斗兄ぃに一回連絡入れた方がいいと思うけど」

「そ、そうだね！　お礼の連絡だから、メッセージより通話でいいよね……？」

「声が聞きたいって素直に言えばいいのに」

「よ、余計なこと言わないの……！」

ちょっぴり頰が赤くなる真白だが、すぐに頭を働かせる。

「でも、遊斗さん今お仕事中じゃないかな？」

「いや、確か今日は遊斗兄ぃ休みじゃないっけ？」

「……ん、今日はお休みって言ってた。あと、真白お姉ちゃんから連絡がくるかもって言ってる」

「なるほどね。だから〝助けてもらったこと〟は素直に言ったわけか」

点と点が線で繋がってくる。

心々乃が隠そうとしていたのが、『遊斗に甘えられる機会』だったもさすがである。

「じ、じゃあちょっとだけ遊斗さんにかけてみるね？」

「そんなにビクビクしなくても、遊斗兄ぃが無視するわけないでしょ。繋がらなかったら折り返しくるって」

美結が代わりに電話をかけてもよかったが、こうしたところは長女の役目。

実際、この方が真白が喜ぶからこそ、横槍を入れることなく、任せることにしているのだ。

「え、えっと……じゃあかけます」

その丁寧な報告の下、真白は呼び出し音を鳴らした。

ワンコール、ツーコール、スリーコール。そして、次のコール音が鳴る寸前だった。

スマホに通話時間の経過が映し出され。

『もしもしー』

遊斗の声が聞こえてきたのだ。

「あっ、もしもし！　いつもお世話になってます！　真白です！　今お時間大丈夫ですか？」

「なんでそんな業務連絡っぽい感じになるわけ……。もっと普段通りの方が喜ぶっていうか、話しやすいって」

「……堅苦しい」

「ちょっと二人は静かにしなさい！」

『あははっ、時間も大丈夫だよ』

美結と心々乃の声はしっかり相手にも届いているのだ。

遊斗の笑い声がスマホから聞こえてきて、一番恥ずかしい思いをする真白である。

「ならよかったです……。あのっ、今さっき遊斗さんが勧誘の人から心々乃を助けてくれたと聞きまして！　今回はそのお礼の連絡でして！」

『ああ、わざわざありがとう』

「とんでもないです！　心々乃を助けていただいて本当にありがとうございます！」

「遊斗兄ぃマジでありがとねー。心々乃めっちゃ感謝してたよ」

「ん、感謝でいっぱい」

『なんかそう言われると照れるなぁ……』

さも当たり前のことをしたように。

恩に着せるような言い方もせず。

本当に遊斗らしいことで、さらに好感が強まっていく。

『……えっと、これはあまり考えたくないことなんだけど、まだサークルの勧誘シーズンってことで、あと何回か起こりうるから、みんな気をつけるようにね。バイトが多いから一〇〇％駆けつけられる自信はないいんだけど、なにか困った時があればいつでも僕に連絡してくれていいから』

「わかりました！　こちらでも心配をおかけしないように努めますね！」

「だね、あたし達も対策するようにするよ」

「頑張る」

『よろしくね！』

やはり心配の種だったのか、より明るい声になる遊斗。

これだけでより気をつけようとなるもの。

『……あっ、そうだ。それとお泊まりの件も今から話せたらと思ってるんだけど、真白さん達はまだ時間大丈夫だったりする？』

「もちろんです！　って、もうちょっと離れてよ二人とも……」

「このくらい大目に見てよ。聞き逃さないためなんだから」

「そう、大事なお話」

『な、なんだかぎゅうぎゅうになってそうだけど平気……？』

「今、全員の頭がぶつかってます……」

『ははは、それは目の前で見てみたかったな』

嘘偽りなく情報を伝えている真白。

そして、話はこのままに進む。

「あ、あの、このままでも特に問題はありませんので、こちらのことはお気になさらずにお話ししてもらえると……！」

『了解。それじゃあ話を戻してお泊まりの件になるんだけど、来週の土曜日の夕方から、真白さん達のお家にお邪魔しても大丈夫かな？』

スマホ越しにこの声を聞いて、顔を見合わせる三姉妹。

全員が同じタイミングで『コクン』と頷いたのはすぐのこと。

「来週の土曜日の夕方ですね！　もちろん大丈夫ですっ！」

代表して真白が答えれば、次に美結が言葉を繋ぐ。

「ねえ遊斗兄ぃ、ちなみにどうして夕方からなの？　あたし的には全然午前中からでもいいから、遠慮してないかなって思ってさ。……あ、もしかしてその日もバイトが入ってたりする？」

『そうなんだよね。実はシフトの変更があって、夕方にバイトが終わる感じになってて。でも、次の日が日曜日で大学もバイトも休みだから、この日が一番都合よくって』

「なるほどね」

夕方からのお泊まりは若干中途半端《ちゅうとはんぱ》だと言えるかもしれないが、一日オフの日があるというのは大きなこと。

絶好のタイミングとも言えるだろう。

「……じゃあ遊斗お兄ちゃん、日曜日の夕方までは帰らないでほしい。朝とかお昼に帰ったら、全然一緒にいられない」

「私としても是非！」

『むしろみんながよければ、そうさせてほしいな』

「てか夕方に来るなら、そうしてもらわないと困るって」

『ありがとう。そう言ってくれて』

遊斗も心々乃と同じ意見を持ち合わせていたようなお礼。

実際、全員が同じ気持ちだったからこそ、通話も盛り上がり、明るくなる。

『あとはお風呂についてなんだけど……本当に甘えていいのかな？　美結さんからいいよーっていう連絡をもらって』

「ご、ご飯もですからねっ⁉　私たちと一緒に食べてほしいので、お仕事が終わったらそのままこちらのお家に直行してもらえると助かります！』

「遊斗兄ぃ、マジでここ気遣わなくていいからね」

「真白お姉ちゃん、たくさん作るつもりだから……遊斗お兄ちゃんが食べてくれないと、わたし達が苦しくなるの……」

『そ、そう？　それはもう至れり尽くせりでなんて言ったらいいか……』

「ふふ、お泊まりをお願いしているのはこちらですから、甘えてくださいね」

真白たちは嫌々ながら言っていることではない。

こうしたことで、距離をどんどん縮められたらと思っているのだ。

むしろ甘えてもらわなければ困るところ。

「あとそうだ遊斗兄ぃ」

『うん？』

「お泊まりする前日の金曜日なんだけど、確かその日もバイトあるよね？」

『そうだね、お昼から夜まで入ってるよ』

よく遊斗が働くカフェにお邪魔しているから、ある程度のシフトを知っている美結。そのおかげで柔軟な考えができるのだ。

「じゃあその日、お泊まり用の着替えをついでにカフェに持ってきてくれない？　あたしがお店に足運んで、事前にウチまで運ぶから」

『えっ⁉　さすがにそこまで甘えるのは……」

「遊斗兄ぃ考えてみなよ。その方がお泊まりする日の移動楽だろうし、土曜日のバイト終わりの時間的にも満員電車になるかならないかだから、そっちの方が絶対いいって」

『そ、それは……』

確かに、と言わんばかりに言葉が詰まる遊斗に、追撃が加えられる。

「わたしを助けてくれたお返し、ちゃんとしたい……。だから、わたしも遊斗お兄ちゃんのカフェ行く」

「ふ、二人ともずるいよ……。私だって行きたいんだから！」

示し合わせた流れではないが、全員がそう思っている結果、このようになる。

「にひひ、ってことで、どのみちカフェ利用させてもらうから準備お願いね？　遊斗兄ぃは」

『わかった。本当助かるよ』

こうして話がまとまるが、もう一つ聞いておかなければならないことがある。

長女の真白が率先して問いかける。

「ちなみに何時ごろに私たちは顔を出せばいいですかね……？　都合のいいお時間があれば、その時間に合わせようと思いますので！」

『基本的にはどの時間でも大丈夫だよ。あ、でも、お客さんが並んだ時は五分くらい待たせちゃうかも』

「遊斗兄ぃの休憩中とかは厳しそう？　その時間ならゆっくり話せたりするんじゃないかって思ってさ」

『僕としてもその方が嬉しいんだけど……休憩は二十時だから、満員電車の中でこっちにこさせないといけなくなるというか』

「じゃあ二十時に会いに行く」

遊斗の言葉を聞いていながらも、即決定づけたのは心々乃だった。

『ほ、本当に大丈夫？』

「……その時間がいい」

「あたしもー」

「二人こう言っているので、来週の金曜日は二十時頃にカフェに着くようにしますねっ！」

そうして、最後に真白がまとめる。

『本当ありがと。じゃあドリンクとか準備して待ってるね。当日までにネットでカフェメニューを調べてもらって、飲みたいドリンクと食べたいものをメッセージで教えてくれたら、それを用意しとくよ！』

「そ、そんな悪いですよっ……！」

「真白姉ぇ……。さっき遊斗兄ぃに甘えてもらったんだから、ここは甘え返さないと筋通らないでしょ。ねえ心々乃」

「美結お姉ちゃんの言う通り」

『二人の言う通りだよ、真白さん』

「んぅ……」

遊斗も参戦したことで途端に移り変わる構図。

三対一では勝ち目もない。

『間違ったことを言われてはいない』とも判断もする真白である。

「で、では私たちもお言葉に甘えさせていただきますね」

『了解！』

自分が折れることを決めた真白であり、このように気遣ってもらったからこそ、またお返しするのだ。

「それでは遊斗さん、長電話になってしまったので……」

まだまだ話し足りないところだが、迷惑にならないことを一番に考えて、終わりの言葉を告げる。

『うん。またいつでも連絡してね』

「はい！　それでは失礼します」

「遊斗兄ぃまたねー」

「ばいばい」

『みんなまたね！』

そうして、スピーカーになった遊斗との通話を切ったその瞬間、全員で顔を見合わせ、息の合ったハイタッチを重ねる三人である。

それも一度ではなく、何度もペチペチという音を響かせて。

「よしっと！　それじゃ、あたしはちょっと最終的なスケジュール確認してくるよ」

「わ、私も！」

「みんなやることは同じ……」

「まあねえ」

「ふふっ」

同じ仕事をしていて、受領する仕事量もほぼ同じだからこそ、こうなることが自然な三姉妹だった。

interlude

幕間一

これは遊斗《ゆうと》と心々乃《ここの》がカフェに着き、注文をするためにレジ前に向かってすぐのこと。

「……え⁉」

この二人を見て、潰《つぶ》れたような声を漏《も》らす人物がいた。

「お疲れさまです」

「いやいや、お疲れさまじゃないっすよ！　遊斗さんまたそんなに可愛《かわい》い子と一緒に……。めちゃくちゃモテモテじゃないっすか」

「へ、変なこと言わないでよ……。本当に勘違いしてるから」

その人物こそ、仕事中、あろうことか義兄の目の前で美結《みゆ》のことをナンパしようとした調子のいい同僚である。

「とてもそうは思えないっすけど⁉」

ここで同僚が目を向けるのは、遊斗が握っている手首。

その店員に指摘されることを察した瞬間、心々乃は声を出す。

「……店員さん」

「はい⁉」

「……いつも一緒にいる人、美結お姉ちゃん？」

「あっ、そうっすそうっす！　ギャルっぽい綺麗《きれい》な感じの！　お姉さんも知り合いな……んぅ？」

ここで全《すべ》ての動きが止まった同僚。心々乃の発言から、一人考える素振りを見せるように額にシワを寄せる。

「あ、あの……今、美結……お、お姉ちゃん？　って、言いました？」

「ん、言いました」

「……じ、じゃあ、つまりその……またお兄ちゃんさんと、お妹《いもうと》さん……？」

そして、頭の中が真っ白になったのか、あからさまに動揺している同僚。

この前に見た光景で、この前にしたやり取りである。

「そういうこと。だからもし顔を出した時は心々乃さんのことよろしくね」

「それはもちろんすけど……。遊斗の兄貴、こんな綺麗な妹さんが二人もいたんすね⁉　マジで羨《うらや》ましいっすよ」

「正確には三人だよ？」

「ん⁉」

「よくこの店に来てるのが次女の美結さんで——」

「——三女の心々乃です。いつも美結お姉ちゃん、お世話になってます」

「あ、ああー！　ど、どうもどうも！　……よく見たら顔似てるっすね！　次女の方と雰囲気が違うんで、すぐ気づけなかったっす！」

「美結お姉ちゃん派手だから、よく言われます。……お店でうるさくしてないですか」

「いやあ、ちょっとからかわれるくらいっすね。もちろん誰《だれ》にも迷惑とかかけてないんで全然平気っす！」

「ならよかったです」

少し表情が乏しい心々乃に対しても、普段通りのコミュニケーションを図れている同僚。

この姿を見て安心する遊斗である。

「あとは長女の真白《ましろ》さんがいるから、タイミングが会えばまたこうして挨拶《あいさつ》させてもらうね」

「その時を楽しみに待ってるっすね！」

「そうしてもらえると助かるよ」

お店に知り合いがいればいるだけ、安心して利用できるようになる。

このカフェでなにか困ったことがあれば、同僚にも頼ってもらえたら……という気持ちの遊斗に、この声が飛ぶのだ。

「あのー、それはそうと、さっきまでどこか人混みのある場所行ってたんすか？」

「え？　それまたどうして？」

「いや、遊斗さん、妹さんの手首握ってるっすから……その帰りじゃないかと思って。ほら、はぐれないようにするやつじゃないっすか」

「……」

次に頭の中が真っ白になるのは、遊斗の番だった。

同僚から言われた言葉を噛《か》み砕《くだ》きながら視線を動かし、ようやく気づくのだ。

「ッ、ご、ごめん心々乃さん！　もうなんて言うか、いろいろ必死になってたというか、考えごともしてたというか……！」

「……ううん、わたしも気づかなかった」

手首を握られた心地のよい時間をどうにかして伸ばしていた心々乃だが、限界を迎えた。

パッと手を離されてしまう。

温かく握られていた手首が冷たく感じていき、心細い気持ちに襲われる。

「……」

正直、両手を使うお会計時に遊斗にバレて、手を離されてしまうのはわかっていたこと。

それでも、まだお会計までという期待値があったのは間違いないこと。

まだ慌てている遊斗を他所《よそ》に、心々乃はなにか言いたげな顔で、店員はなにかツッコミを入れたそうな顔で視線を交差させる二人だった。

そして、心々乃とも仲がよすぎることが伝わった店員でもあった。

第四章　お泊まり前日

心々乃《ここの》がカフェに足を運べるようになり、どのくらいの時が過ぎただろうか。

翌週、遊斗《ゆうと》とお泊まりの約束をした前日。

大学終わりの金曜日。その十五時頃のこと。

「今さらなんだけどさ、さすがにここまで本腰入れなくてもよくない……？　確かに明日遊斗兄ぃ泊まりにくるけど、今までにもウチに来たことあるじゃん。しかも『綺麗《きれい》』って褒められてるわけだし」

「お泊まりだからもっと綺麗にしないとなの！」

「わたしも真白《ましろ》お姉ちゃんと同じ意見」

三姉妹が住むマンションの一室では、部屋の掃除に取り組む三人がいた。

「その意見も十分わかるけど、床の拭き掃除までしなくても……さ？　真白姉ぇの腕ぷるぷるしてるから、正直もう見てらんないんだよね」

「まだ平気だもん！」

「いや、んなわけないって。両腕瀕死だって」

「……真白お姉ちゃんは雑巾《ぞうきん》じゃなくてモップ使った方がいい。モップでも十分綺麗になる」

「私だけ楽はできないの！　二人も頑張ってるんだからっ」

『体格差』というのは力仕事でも大きな影響を及ぼすもの。

美結《みゆ》と心々乃はまだ余裕を持って拭き掃除に取り組めているが、一番ちっちゃな真白はもう腕をぷるぷるさせ、息を切らせながら拭き掃除に取り組んでいる。

「真白姉ぇは誰《だれ》よりも苦労する性格してるよねえ……。描く内容にもめっちゃ表れてるけどさ」

「委員長とか、生徒会長とか、応援団長とか」

「ふふ、吹き出しの内容まで真白姉ぇらしいの笑うよね」

「……でも、えっちな絵は真白姉ぇらしくないと思う。イラストの下着、全部派手。美結お姉ちゃんが着てそうなのばっかり」

「ああそれ『リアルで可愛《かわい》い下着があまりつけられないから』って理由らしいよ。真白姉ぇでっかいの持ってる分、気に入った下着があってもつけられないことが多いみたいな」

「だからイラストで発散……？」

「そうそう。まあ『真面目《まじめ》なキャラがそんな下着を～』っていうギャップ受けは考えてると思うけどね。実際に真白姉ぇの大人気シリーズになってるし」

「ふ、二人とも口より手を動かすっ！」

恥ずかしい内容に、図星を突かれる真白。

顔を朱色にしながらこの話を終わらせようとする真白である。

「一番手を動かしてないの真白姉ぇなんだけどねぇ……。限界迎えてるわけだし」

「一生懸命さは伝わってくる」

「そ、そんなことないもん……」

「ふーん」

片手で床を拭いている二人と、両手で床を拭いている真白。

この行動だけで、どちらが正しいことを言っているのかは明白だろう。

そして、これ以上の無理をさせないために美結は一つ要求するのだ。

「それじゃあさ、今ここで腕立て伏せ三回してみてよ。それできたら真白姉ぇが正しいってことで、もうグチグチ言わないから」

「三回は少ないと思う……。せめて五回」

「いや、五回は可哀想《かわいそう》でしょ。子鹿みたいにぷるぷるしてたんだし」

美結と心々乃の二人で真剣に練り合わせているが、煽られるような内容で、闘争心を刺激される言葉だ。

「そこまで言うならわかりました！　五回でいいんだよね！」

「やめときなって真白姉ぇ……。三回でいいって」

「……わたしも三回でいい気がしてきた」

「いいえ、絶対五回にします！」

「そ、そう？　そんな自信あるならじゃあ五回で。五回できたら遊斗兄ぃになにか褒めるように言っとくよ」

「……頑張って」

「うんっ！」

掃除中、いきなりこんなことが始まるのも三姉妹ならではの仲のよさだろう。

袖《そで》を捲《まく》り直して気合いを入れる真白は、四つん這いになり、足を伸ばしてつま先を立てる。

そうして腕立て伏せの準備を整え、合図を待つ。

「じゃあ真白姉ぇ、いくよー？」

「は、早く……」

「はい！　いーち」

その掛け声で始まった腕立て伏せ。

「ん、んんんぅ……！」

「真白姉ぇもうちょっとだけ下げよっか」

「頑張れー」

その指示と応援を聞いてすぐだった。

上体を下げた瞬間にプリンが揺れ動くように、腕がぶるぶると揺れ始め……。

「――ふぁ」

そんな全身の力が抜けたような声を漏《も》らせば……。

「あ」

「あ……」

一回も腕立て伏せを成功させることなく、ベタッと床に潰《つぶ》れる真白がいた。

「……」

「……」

「……」

全員が口を閉ざしたことで、テレビの音声しか聞こえなくなるリビング。

困ったように顔を見合わせる美結と心々乃である。

「な、なんかごめんね、真白姉ぇ。限界なのは知ってたけど、あたし二回はできる想定でさ。まさかそんなに床掃除頑張ってたなんて、みたいな」

「美結お姉ちゃんが焚きつけたせい。可哀想……」

「ご、五回って言った心々乃も大概でしょ……」

「……」

この会話の間、ピクリとも動かない真白。

『情けないところ見せてしまった』と悔いているのか、どんどんと存在感が消えていくように感じていく。

「でさ、真白姉ぇ死んじゃったけどどうする？　これヤバいよ」

「わたし達も腕立てする？」

「いや、そんなことしたら本末転倒だって。残った床掃除は誰がするのって話になるし」

「そっか……」

少しばかり天然を覗《のぞ》かせている心々乃だが、全員が同じ状態になれば真白が回復しやすいんじゃないかと考えたわけである。

「ちょっとわたしもやってみたかった」

「ま、まあやりたかったらやってもいいけど……」

また、あの光景を見てどこか刺激を受けた心々乃でもある。

「お掃除終わったらしてみる。五回はしたい」

「実際、五回できたら大したもんだよ。心々乃はインドアだし」

「できたら褒めてくれる？」

「ちゃんとできたらねえ」

「やった……」

姉妹という関係にかかわらず、褒められることが大好きというのは、いかにも末っ子らしいと言えるだろう。

「じゃ、話戻そ？」

「ん」

まだダウンしている真白を見ながら。

「……じゃあ、ダウンしてる真白お姉ちゃんは床以外のことしてもらお。玄関を掃いたり」

「回復するまではそうしてもらうのがアンパイか。……って、真白姉ぇは早く体勢変えたら？　うつ伏せは痛いでしょ、胸圧迫されて。あたしのサイズでも痛いんだから、真白姉ぇはもっとしんどいって」

「すごい潰れてる……」

背中をポンポンと叩《たた》いて目覚めさせようとする美結と、ソファーの下を覗き込むかのようにして、プレスされていることを確認する心々乃。

「こうなったらもう最後の手段使おっか」

「なにそれ」

「真白姉ぇ、早く起きないと今の写真撮って遊斗兄ぃに送信しちゃうよ？」

「っ！」

その言葉を耳に入れた瞬間だった。

電流が走ったように手足を動かし始める。

本当に腕が疲れているのだろう、肘を支点にするようにして半身を起き上がらせ、女の子座りに変えた真白。

ここでようやく露わになった顔は真っ赤《まっか》っか。

一度も腕立てができなかったことを本当に恥ずかしく思っている様子だった。

「ふ、二人とも……。ちょっとだけ、床掃除お願いできる？　お姉ちゃんの腕はもう死にそうです……」

「ぶ、ぶっちゃけあたしが追い討ちかけたようなもんだしね……。一旦《いったん》休憩取っちゃってよ。楽になったらまた手伝うって形で」

潰してしまったその自覚はちゃんと持っている美結である。

「実際、明日の夕方までにお掃除は終わらせれば、全然問題ない」

「もういっそのこと全員で休憩取る？　コンビニで好きなもの買って、英気養う時間にしよーよ。今日は特別にあたしが奢《おご》ってあげるからさ」

遊斗とのお泊まりが明日に迫っている。

その嬉《うれ》しさが財布の紐《ひも》を緩くするのだ。

「いいの!?」

「さすがに嘘《うそ》つかないって」

「わーい！」

「……真白お姉ちゃんいきなり復活した」

「甘いものに目がないもん真白姉ぇは。この反応見せてくれなかったら逆に心配してたよ」

どんよりした雰囲気を纏《まと》っていたついさっきの姿はどこに行ったのか、もう目を輝かせ、活き活きとしたオーラに溢《あふ》れている。

ただ一つだけ普段と違う点を挙げれば、全力の腕立て伏せをした代償で、両腕が脱力していること。

そんな真白に視線を送り、白い歯を見せる美結である。

「じゃ、早く動いて休憩取っちゃお？　今日は遊斗兄ぃと会う約束もしてるから、時間に余裕持っときたいし」

「そうだねっ！」

「ん、賛成」

バイトの休憩中に遊斗に会いに行き、明日の話をすることを事前に伝えている三人は、早速外出の準備を始める。

コンビニにつけば、それぞれが食べたいものを購入し、充実した休憩を過ごすのだった。

＊

それから残った家の掃除も終え、時刻は二十時過ぎ。

「今日は来てくれてありがとう。あと、お手数かけてごめんね」

「とんでもないですっ。むしろお会いできて嬉しいですから」

「そうそう。遊斗兄ぃはなにも気にしないでよ」

「……ご馳走もしてもらえてる」

遊斗の休憩時間に合わせて入店した花宮《はなみや》三姉妹は、事前にリクエストして奢ってもらったドリンクとデザートを楽しみながら、会話に花を咲かせていた。

「いやあ、それはそうとマジで明日が楽しみだよ。夕方のバイト終わったらすぐ遊斗兄ぃ来てくれるんでしょ？」

「みんなのおかげさまで」

ご飯もお風呂《ふろ》もこっちで済ませて。という風に言ってくれたおかげで、一度家に帰らなくてもよくなったのだ。

甘えてばかりで少々気が引けるところもあるが、昔のような時間を過ごすことができるというのはやはり嬉しいこと。

「明日は迷惑をかけることもあるとは思うけど、よろしくね」

「全然気にしないでください。それに遊斗さんに迷惑をかけるのは……こちら側だと思いますし」

「真白お姉ちゃんの言う通り……。美結お姉ちゃんが暴走する」

「はあー？　心々乃にだけは言われたくないんだけど」

「わたしはまだ迷惑かけない方」

「さあどうだかねえ」

いつもの戯《じゃ》れ合いが早速始まった二人であり……この光景を誰よりも見慣れている真白である。

動揺することも、特に気にする様子もなく、遊斗に話を振る。

「あ、遊斗さん。今のうちにその巾着袋、預かりますね。明日のお着替えとか入ってるものですよね？」

「うん！　お願いします」

話は予め通していたこと。

お泊まりセットをしっかり用意し、忘れることなくバイト先に持ってきた遊斗は、真白に手渡しながら伝える。

「こ、これは今さらなんだけど、お風呂とか使わせてもらって本当に大丈夫？　嫌だったりしない？」

「ふふ、きょうだいの仲なんですから、嫌じゃないのは当たり前ですよ」

「ッ」

微笑みながら、琴線に触れることをスラッと言う真白に、息を呑《の》んで目を丸くする遊斗である。

「そんな驚かなくてもいいじゃん、遊斗兄ぃ。そもそも嫌だったら使わせるようなことしないんだから」

「美結お姉ちゃん、いいこと言った」

さっきまで戯れていた二人も、自然とこちらの話に合流する。

「自分のお家だと思って、あるものは全《すべ》て自由に使ってくださいね。遊斗さんのことですから、こう言わないと遠慮すると思うのでっ」

「遠慮したら真白お姉ちゃん怒る。気をつけて」

「怒ったらマジで怖いから、そこは要注意ね」

「も、もう……。そういうところだけ私に押しつけるんだから……。せめて私が嫌われないような冗談を言って」

「怖いのは事実じゃん」

「お、怒ったら誰でも怖くなるの……！」

「ははっ、じゃあ当日は怒られないように遠慮控えめでさせてもらうね？」

「ん、それがいい」

役割分担がしっかりしているのか、本当にバランスのいい三人。

お泊まりをする上での緊張や不安がこの時間でどんどん解消されていく。

今日、こうして顔を合わせることができて本当によかったと思う遊斗であり、三姉妹もまた同じ考えを持っていた。

「まさか再会できただけじゃなくて、お泊まりをする日もくるなんて……。ようやく実感が湧《わ》いてきたよ」

「遊斗さんと同じ大学に通うことができて本当によかったです。こちらがキッカケですから」

「そう一番に思ってるのあたしだからね？　二人と違ってギリギリの合格だったたし、もし受かってなかったらあたし一人だけ仲間外れ確定だし」

「美結お姉ちゃんはちゃんと頑張ってたら、ギリギリじゃなかったと思う」

「いやいや、これでもちゃんと頑張ってたんだって。マジで」

三人の高校時代のことはあまり聞けていなかったこと。

関《かか》われていなかった期間なだけに、興味がある。

ドリンクを飲みながら、水を差さずに静かに耳を傾ける遊斗である。

「てかさ、二人が異常なんだって。仕事もしてたのに何事もなく上位の成績取り続けてたんだし」

「え⁉」

そう……。水を差すつもりは全くなかった遊斗だが、この初耳な情報に、つい声が出てしまう。

「三人って高校生の時からお仕事始めてたの？」

高校生の時から在宅で働いているという人は限りなく少ないだろう。

目を丸くして聞き返せば、どこか照れたようにコクンと頷《うなず》く真白がいた。

「一応はそうですね！　軌道に乗り始めたのは確か高校二年生の中旬頃だったかなぁと思います」

「確か真白姉ぇが一番最初に仕事取ってきて、それから派生するようにあたし達にも仕事がくるようになったんだよね」

「わたしもその記憶」

「へえ、本当に凄《すご》いとしか言いようがないなぁ……」

このようなことを聞くとますます仕事の詳細が聞きたくなるが、深掘りされたくないというのは知っていること。

嫌がることはしたくないだけに、しっかり我慢する遊斗である。

「そうだよねえ、あたしから見てもマジ凄いもんこの二人は。普通に仕事しながら学年成績一桁《けた》から落ちたことないんだよ？　しかも高校三年間ずっと。意味わかんなくない？」

「そ、それ本当に意味がわからないかも……」

「むふ」

褒められた瞬間、嬉しそうな鼻息を漏らす心々乃。

真白もどこか誇らしそうにしている。

「それだけじゃないよ？　二人して高校の評定オール五だし」

「え、オール五!?　そ、それはまた……」

遊斗も目指したことがあるが、一度も取れなかった評定。いや、途中からは『無理だ』と素直に諦《あきら》めてしまった評定。

そんな評定を、仕事をしながら取ったという二人。

もう瞠目《どうもく》するばかりだったが……。

「ち、ちょっと美結は堂々と嘘つかないの……。さすがにオール五を取ったことないですから」

「ん、オール五は無理」

美結と二人で意見が擦《こす》り合っていない。

一体なにが原因なのかを考えた時、ふと思い浮かぶ。

「あっ、もしかして体育が違かったり？」

「その通りです。美結と違って、私と心々乃は本当に運動がからっきしでして……」

「わたし、体育はずっと三」

「私は一応四なんですが、声出しとか運動以外のことでなんとか盛ったような感じで……」

「ははっ、でもそれはオール五って言っても差し支えないと思うよ」

「だよねー。体育って学力関係ないようなもんだし」

本当にすごいことには変わらない。

美結の言う通り、学力にあまり関係ない科目だからこそ、大半の人が実質オール五という風に捉《とら》えるはずだ。

「そんなわけで、あの大学の特待まで取ってるからね。この二人」

「高校の成績からすると……一番上の特待A?」

「はい、なんとかAを取ることができまして」

「ほお……」

謙遜しながら小さく頷く真白と、無言のままピースを作っている心々乃。

偏差値もある旧白埼大学なのだ。

秀才としか言いようがない。

そして、素直に『すごい』と褒められる美結もまたすごい人間性だろう。

「……あ、でも待って。遊斗兄ぃもぶっちゃけ頭いいよね? 前にあたしにめっちゃわかりやすく勉強教えてくれたし。なんかしれっとしてるけど、実は取ってるんじゃないの? 特待」

「え、えっと、僕はその、一番下のランクだから……」

「それでも普通に特待生じゃん……! え、じゃあやっぱり聞かなければよかったんだけど……。誰も味方いなくなったんだけど。なんか急に優等生の圧を感じてきたんだけど」

「もう美結ったら」

「……気にしないで。特待生になっても、威張れることない」

「はあ？　さっき全力でピースしてたのによく言うよマジで」

「ははは、っ」

「ふふふっ」

ちょっとばかりフォローが下手だった心々乃に、完璧《かんぺき》なツッコミに笑ってしまう美結。

そんなやり取りに笑ってしまう二人。

嬉しい来客と、その空間で充実した時間を過ごす遊斗ではあるが、しっかり時計を確認しながら楽しい休憩を取るのだった。

また、時が進むにつれ、お泊まりがどんどんと楽しみになる遊斗だった。

interlude 幕間二

「美結《みゆ》お姉ちゃん、貸して」

「ヤダ」

「なんで」

「変なことしそうだし。中漁りそう」

「そんなことしない」

満員電車を抜け、遊斗《ゆうと》から手渡された巾着バッグを無事に持ち帰ったリビングでのこと。

ほんの一瞬、目を離した隙に、お着替えセットが入ったバッグを奪い合っている妹《いもうと》をジト目で見る真白《ましろ》がいた。

「……なにしてるの。二人とも」

「悪さしようとしてる人から中身守ってんの。ほら、獣のような心々乃《ここの》の目見てよ」

「お姉ちゃんの目には普段通りに見えるけど……。それどころかちょっと眠そうにも見えるけど……」

その言葉通り、獣のような　ギラギラとした目は全くしていない。

掃除疲れに加えて外出した疲れが出ているのだろう、言葉通りにトロンとした目になっている。

「別に悪さしようとしてない……。ちょっと抱えたいだけ」

「そうさせたらもうあたしに渡してくれないじゃん」

「なんで信じてくれないの」

遊斗の匂《にお》いがついているバッグだから、こんなことになっている二人。

とても落ち着く匂いなのは確かなこと。

「『なんで信じてくれないの』って……。じゃあ一回渡したらちゃんと返してくれるわけ？」

「ん、返す」

「マジで？」

「マジで」

「ガチ本気？」

「ガチ本気」

即答しながら、コクコクと頷《うなず》いてのオウム返しをしている心々乃。

普段使っていない口調だからか、似合ってはいない。

「じゃあ……ちょっとだけよ？」

「ん、ちょっとだけ貸して」

「どうして勝手にお話進めてるの……」

真白のクローゼットに着替えを入れるという話は固まっていたこと。

それを差し置いているのだから、当たり前のツッコミ。

また、都合が悪いことがわかっているからこそ、真白を蚊帳の外にしている二人でもある。

「じゃあ……はい、心々乃」

「ありがと」

両手を伸ばした心々乃に、遊斗のバッグを手渡しする。

ギュッと抱きしめて顔を埋めるその姿を見るのはすぐのことで。どこか羨《うらや》ましげに見つめる美結は、すぐにこの声を出す。

「心々乃、はいちょうだい」

「まだ」

「いや、ちょっとって言ったじゃん」

「まだちょっとじゃない」

「なわけないでしょ」

「……」

ビシッとした鋭い指摘に対し、無視を決め込む心々乃。

「ね、ねえ……。遊斗兄ぃに助けてもらってから、なんか変に執着強くなってるって……」

バッグを引っ張って取り返そうとする美結だが、ビクともしない。それほどに強く抱きしめている心々乃。

この行動から、意地でも渡してくれないことが確信できるからこそ。

「じゃあもう、くすぐり倒して……」

強硬策を口にしたその瞬間だった。

「……っ」

バッグを抱きしめたまま、トコトコと必死に自室に逃げ帰ろうとする心々乃が視界の隅に映る。

「ちょっ、心々乃！」

「こ、こらっ！　私のクローゼットに片づけるって約束してたでしょ……！」

ジト目で静観していた真白も、ここですぐに動くのだ。

二対一では当然勝てるはずもなく、「うー」なんて声を漏《も》らしながら奪い取られてしまう心々乃。

そして、「ちょっ」の声を漏らしながら、真白にスッとバッグを取られてしまう美結もいる。

「もうこれは回収です」

「ま、待って」

「待ちません！　……傷ついてないよね、大丈夫だよね……」

美結の声はもう届かない。

バッグを抱え、ほつれたところはないか、傷がついているところはないか、真剣に確認しながら真白は自室に入る。

「まったくもう……。あの二人ったら……」

確認した限りは無事。

安堵《あんど》しながらドアを閉めた真白は、バッグを開けて歯ブラシセットや遊斗の着替えを丁寧に取り出していく。

「うわぁ……。おっきいパジャマ……」

もちろん、イタズラに物色しているわけではない。

着替えにシワがつかないよう、ハンガーラックにかけるために。

この目的があっても、つい凝視してしまう。

「遊斗さんの服、こんなにおっきいんだ……」

パジャマを広げながら、自分の体に重ねてみる。

ほぼ二倍の大きさ。

ズボンを取り出して見ても、同じ感想。

丈も腰回りも全然違う。

外見からわかっていたことではあるが、実際に遊斗が着ているものに触れると、より体格差を実感する。

「こんなにおっきいの、遊斗さん本当に着てるのかな……」

いけないことだが、目的よりも興味が勝ってしまう。

今着ている服の上から、遊斗のパジャマに裾《すそ》を通していく。次にズボンに足を通していく。

「二人にバレないうちに……ちょっとだけ……。よいしょ、よいしょ……」

サイズがあってないだけに、着るだけで苦労する遊斗のパジャマ。

少しの時間をかけ、部屋に置いた姿見に目を向ければ　、人生で一番だらしない格好が映っていた。

腰からずれ落ちていくだけではなく、丈が折れて素足が隠れてしまうだぼだぼのズボン。

キョンシーのように垂れたシャツの裾。

「っ」

さすがに自分でも見ていられない姿であり、姿見から避けるようにベッドに腰を下ろす真白だが、すぐに自分の世界に。

「でも……遊斗さんの匂いでいっぱい……。ふふ」

両手の裾を顔に当てながら、三猿《さんえん》の見猿のような体勢で固まる真白。

その時間が何十秒ほど続いただろうか。

「そ、そろそろハンガーにかけなきゃ……」

ぽ～っとした感覚の中で、もっと着ていたい気持ちを我慢しながら、シャツを丁寧に脱いで

いく。

　そんな矢先だった。

　廊下に繋《つな》がるドアから小さな物音が一つ。

「え？」

　完全に我に返った真白が音の根源を見れば、ドアの隙間《すきま》からこちらを覗《のぞ》く人物と目が完全に合った。

「あのさ、なんで着てるわけ？　真白姉ぇは」

「遊斗お兄ちゃんに通報……」

「ぁ、あ……」

「さすがにこれは見逃せないねえ」

「ん」

　――決定的瞬間を見られ、冷や汗が止まらなくなる真白。

　頭の中まで真っ白になる中、心々乃がスマホを取り出したその時、焦《あせ》りはピークを迎える。

「ま、まままま待って！　そういうわけじゃ……ひぁあっ!!」

「あ」

「あ……」

　当たり前にズボンの丈を踏んでしまい、勢いのまま前のめりに転んでしまう真白。

それはまるで、腕立て伏せをした際に潰《つぶ》れた時と同じような格好。

「心々乃、どうする?」

「撮る」

「う……。痛いよお……」

「これはお母さんに送ろっか」

「ん!」

「痛いよ〜」

「なんて反応くるかな」

「呆《あき》れたスタンプくると思う」

体の被害を訴えて温情を授《さず》かろうとする真白だが、この二人には通用しない。

このように言う時はなにかと大丈夫な証拠なのだから。

そうしてカメラのフラッシュが部屋中を一瞬明るく照らし、パシャッというシャッター音が鳴った。

この時間、真白にとって一つ幸いだったのは、下着よりも先にパジャマを見つけたことだろうか。

第五章　お泊まり①

真白《ましろ》、美結《みゆ》、心々乃《ここの》の三人がカフェに来店してくれたその翌日。

お泊まりの日。

空も暗く染まる時刻は一九時前。

「えっと、一五〇九を押して……次に呼び出しボタンを押す、と」

カフェのバイトが終わり、三姉妹が住むマンションのエントランスに着いた遊斗《ゆうと》は、真白からメッセージで送ってもらった呼び出し方法を見ながら、オートロック盤の操作をする。

そして、『呼出』のボタンを押して数秒後のこと。

操作盤の中に埋め込まれたスピーカーから聴き慣れた声が届いてきた。

『はーい、花宮《はなみや》です！』

「あ、真白さん？　遊斗ですー。無事に着きました」

『んっ！　遊斗さんっ!!　すぐに開けますねっ！』

「ありがとう。すぐお部屋に向かうね！」

『はいっ!!　お待ちしてますっ!!』

プツンと通話が切られた音が聞こえたその瞬間、オートロックのドアがゆっくりと開き始める。

大理石の綺麗《きれい》な床に、オシャレな照明。

五つ星ホテルのような、豪華なマンション内。

未《いま》だに圧倒される遊斗は、エレベーターに乗り込み、『15』のボタンを押し、ドアを閉める。

そうして、階数表示を見上げながら、十五階に着いた時だった。

エレベーターのガラスから見えたのは三姉妹の姿で。

「遊斗さんこんばんわ！」

「遊斗兄ぃどもー」

「お仕事お疲れ様……」

「あはは、まさか出迎えてくれるなんて」

ドアが開けば、予想外の出迎え。嬉《うれ》しくて笑ってしまう遊斗である。

「出迎えありがとう」

「初めてのお泊まりですからねっ！　もう待ちきれなくて！」

「マジでみんなしてソワソワしててさー」

「遊斗お兄ちゃんがどの電車乗ってるかなって調べたくらい……」

「そ、そうなの⁉」

「ふふ、心々乃から『もうすぐ来るかも』って報告を何度も受けまして」

「しかもめちゃくちゃに外すから、焦《じ》らされたも同然なんだよね」

「そ、それは言わない約束だったのに……」

会って早々、本当に嬉しい言葉を聞くことができた。仮にお世辞だったとしても、この気持ちは変わらない。

お泊まりへの緊張はすぐに解け、この感情に上塗りされる。

「……っと、ここで立ち話もなんですから、お部屋に行きましょうか」

「うん」

エレベーターの前で談笑しすぎるのは住民に迷惑がかかる。

さすがの真白が上手に仕切ってくれて、一五〇九号室の玄関に入った。

「お邪魔します」

「どうぞどうぞ」

「遊斗お兄ちゃん、このスリッパ使って」

「ありがとね」

ちょっとぎゅうぎゅうになる玄関でやり取りを交わし、渡してくれたスリッパを廊下で履《は》いたその時だった。

「ねえ遊斗兄ぃ、ちょっと気になってたんだけど……その右手に持ってる紙袋ってなんなの？」

美結が首を傾げながら右手に持つ袋を指さす。

「あ、これはお泊まりのお礼を兼ねた差し入れだよ」

「えっ⁉　そんなにお気遣いいただかなくても大丈夫でしたのに……！」

同じくスリッパを履きながら、あわあわとする真白。長女らしく立ち回っているが、次の心々乃の言葉で形なしになる。

「……真白お姉ちゃん、これ有名なヴェタメール」

「ほ、本当⁉」

この洋菓子メーカーを聞いた瞬間、すぐに食いついた真白で。

「ありゃー、せっかく大人っぽいとこ見せられてたのに、心々乃のトラップにかかっちゃって」

「だ、だってえ……。って、トラップだったの⁉」

「そんなつもりはなかった」

「な、なんか嘘《うそ》っぽい……」

そっぽ向いた心々乃にツッコミを入れている真白で、差し入れでさらにワイワイとなる空気。

この反応を見て、勝也に相談して本当によかったと感じながら差し入れを渡し、綺麗で広いリビングに移動すれば、遊斗の目に入るのは、

「おわ、す、すっごいな……」

食卓とキッチンに並ぶ料理の数々。

さらにはコンロの上にある作りかけの料理。

紛うことなき圧巻の光景が広がっていた。

「これヤバいでしょ？　真白姉ぇ朝から張り切っちゃってさ。一応止めはしたんだけど、聞く耳持たなかったんだよね」

「遊斗お兄ちゃんにたくさん食べてほしいらしい」

「そ、それは嬉しいなぁ……」

『絶対に食べきれない』と断言できる量に圧倒もされる遊斗だが、それを解消してくれるのが美結だった。

「まあ安心してもらって。残ったら明日に回せばいいし、真白姉ぇがめっちゃ食べる方だしさ」

「あぁっ……」

ここで思い出すのは、十数年ぶりの再会を果たした時のこと。

ステーキのセットやその他の定食、サラダやデザートまでペロリと平らげていた真白を。

「ふとした時に忘れちゃうよねえ。あのちっちゃさだから一度見てみないと想像できないし」

「う、うん……。大食漢には見えないからつい」

絶対に聞こえないように耳元で囁《ささや》く美結に対し、正直な気持ちを応《こた》える遊斗である。

「あの、遊斗さんが辿《たど》り着く前までに全《すべ》ての料理を作り終えられてたらよかったんですが、本当にすみません」

「全然大丈夫だよ。それよりなにか僕に手伝えることないかな？　料理は素人でアレなんだけど」

「い、いえいえそんな！　遊斗さんはお仕事終わりですし、なによりお泊まりに来てもらっている側ですから、ゆっくりされてください！」

前にもこんなやり取りをして甘えた記憶があるが、今回ばかりは状況が違う。

ただ遊びにきたわけではなく、泊まらせてもらう立場なのだ。

なにか恩を返さなければ気が済まなかった。

この気持ちが伝わっているように、次は救いの手を出してくれる。

「……真白お姉ちゃん、今日は貴重なお泊まりの日。手伝ってもらった方が楽しいよ。この機会じゃないと、一緒にお料理する機会ない思う」

「そ、それは……」

さすがは姉妹の関係か、一瞬で真白をたじろがせる。

「はい遊斗兄ぃ、じゃあ早速で悪いんだけど真白姉ぇのことお願いね」

「あはは、ありがとう」

手伝いやすくするように、背中を押してキッチンまで運んでくれる美結。

真白が弱った返事をしたことが、一歩を踏み込んでいい証だったのだろう。

「で、では遊斗さん！　お手洗いをした後に炒め物をお願いしていいですか⁉　その間、私がどんどんと具材を入れていきますので！」

「要領としては動かして焦《こ》がさないようにすればいいんだよね？」

「そちらで大丈夫ですっ」

そうして先ほどの遠慮はもう霧散《むさん》したように　、にぱあっとした明るい顔になって、嬉しそうに指示をしてくれる真白だった。

＊

「遊斗さん、こんな感じです！　腕とフライパンを一体化させるような感じで……こうですっ」

「んー、こう！　いや……。真白さんのように全然綺麗に返せないなぁ」

「ふふっ、ちょっと手を握らせてもらいますね」

「ッ」

「まずここでグイッと引いて……くるっとです！」

料理上手な真白が、料理初心者の遊斗にフライ返しを教える。

そんな仲睦まじい光景を視界に入れながら、美結と心々乃はソファーに座って会話中だった。

「真白姉ぇ、しれーっと遊斗兄ぃの手握ってるし……。しかもめちゃくちゃ距離が近いし」

「教えてる分にはしょうがない。すごく楽しそうにしてるから、今は譲ってあげるところ」

「そ、それはわかってるって」

『ズルい』と思う気持ちが出てくるのは当たり前のこと。

それでも水を差さないのは、『できるだけ楽しませてあげたい』という気持ちがあってのこと。

家族が楽しんでいる姿を見られるのは、やはり嬉しいことなのだ。

「まああの顔を見られたなら、助け舟出した甲斐あったね。遊斗兄ぃも遊斗兄ぃで進んで手伝いたいって空気出してくれてたから、マジやりやすかったし」

「……わたしの自慢のお兄ちゃん。さすが」

「あたしのだから」

正確に言えば『達』がつくが、それくらいに強い思いがあるから独占する言葉も使いたくなるもの。

お互いにそうわかっているだけに、言い合うこともないのだ。

「てかさ、話変えるんだけど……心々乃はガチで仕事のこと教えるつもりなの？」

「ん。だけど、真白お姉ちゃんと、美結お姉ちゃんがお風呂《ふろ》に入ってる時」

「別に邪魔したりしないのに。真白姉ぇに水差してないところを見ればわかると思うけどさ」

「それはちゃんとわかってる」

「ホントに?」

「ん」

なぜ二人が一緒にお風呂に入ることが決まったのかと問われたら、『真白お姉ちゃんがわたしのあることに協力してくれるなら、口撃しないであげる』の交換条件だった『お手伝い権』をここに使ったから。

「ただ……遊斗お兄ちゃんにイラスト見られてるところ、二人に見られるのが恥ずかしいだけ」

「アッチ系のヤツは見せないのに?」

ここは心々乃の説明下手が出てしまったところ。

すぐに訂正して美結に伝えるのだ。

「遊斗お兄ちゃんに褒められてるところ、二人に見られるの、恥ずかしい」

「ひひ、なにそれ。心々乃の中で遊斗兄ぃに褒められるの確定してるじゃん」

「別におかしなことじゃない。『みんなのこと陰ながら応援してる』って、前に言ってくれたから。『言えないこともあるだろうけど、なにか困ったことがあれば全力で力になる』って言ってくれたの」

一言一句間違ってないという自信はないが、スラスラと言えるくらいに心々乃の中で強く印象に残っている言葉。

「え？　それ初耳なんだけど。そう聞かされたらあたしもあたしで教えたくなるんだけど」

「……美結お姉ちゃんはまた今度にして。今日はわたしの番。真白お姉ちゃんのお手伝い権も使ってる」

「はいはい」

ここで割り切るように返事をする美結。

すぐにこれができるのも『あたしの番』というのを考えるから。

真白は遊斗と一緒に料理を。心々乃は遊斗と一緒にイラスト関連を。

つまり、美結も二人から水を差されない『自分の時間』を選ばないと損をするだけに。

「まあアッチ系の絵だけはマジで見せないように気をつけてよ……？　全員が同じ仕事してるってのは遊斗兄ぃ知ってることだから、バレたら一体全体どうなることやらって感じだし」

『応援する』等の言葉は聞いたが、言いにくいジャンル。

加えて異性の遊斗なだけに、教える勇気はなかなか出ない。

「もしバレたら……寝込み襲われるとか考える？」

「さ、さすがにそれはないと信じたいけど……一理はあるよね。お風呂に入ってるところを覗《のぞ》かれるかも、とか」

「……」

無言で目を合わせる心々乃。

『共感』の意味だった。

「そんなわけで、とりあえず厳守ってことで」

「任せて。ちゃんと見せる用で整理もした」

「なんかそれはそれで心配なんだけど……」

「なんで」

「心々乃は一枚絵が多いじゃん？ しかも保存データの名前が似たり寄ったりだから、差分的なのが混ざってないかって」

「大丈夫なはず」

「ならいいけど」

なおさら心配になる返事を聞いたが、これはもう心々乃を信じる以外にない。

「あ、美結お姉ちゃんに一つ言い忘れたことある」

「ん、なに？」

「今日のお風呂、できるだけ長く真白お姉ちゃんと入って」

「それ真白姉ぇにも言ってるでしょ、絶対」

「……黙秘」

「ほーん」

あくまで言葉を濁し、嘘をつかないように留めたのは、『手伝ってもらうため』の筋を通すためだろう。

そのくらいに二人きりになりたいのが伝わってくる。

「んじゃ、今からあたしが言うことの二つを守ってくれるなら、心々乃のお願いを叶《かな》えてもいいよ」

「二つ、なに？」

コテっと首を傾ける心々乃に、美結は指を立てていく。

「まず一つ目は遊斗兄ぃを退屈させないこと。二つ目が〝あたしの番〟の時にそっとしてくれること」

「約束する。退屈させないようにも頑張る」

「一応言っておくけど、遊斗兄ぃを疲れさせないようにね？　褒めさせすぎて。ほら、バイト終わりなんだから」

『末っ子は甘えん坊気質』という言葉がある通り、甘え始めたら要求し続けてしまう心々乃なのだ。

「それも約束する」

「じゃあよろしく」

遊斗のことまでしっかり考える美結。

次女という立場もあり、こうしたバランスを取るのが上手なのだ。

「……にしても、真白姉ぇまだ手握ってるけど」

「今はもう、わざとしてる顔。離さないようにしてる顔」

「自滅してるけどね。普通に」

「……遊斗お兄ちゃんも恥ずかしそう」

「そりゃ真白姉ぇがあんなに赤くなってるしねえ……。意識しない方が無理でしょ」

「もうお互い集中できなさそう……」

そうして顔から火が出るような色になっている真白と、被害を受けている遊斗を見ながら、冷静に分析する二人でもあった。


遊斗がマンションに着いてから四十分ほどが過ぎた頃。

このリビングに『いただきます！』の声が響いていた。

「も、もう美結ってば好きなものばっかり取るんだから……。はい、これとこれも一緒に食べること」

「うっわ～……」

「心々乃も同じく。均等に取ってる遊斗さんを見習いなさい」

「あー……」

すぐにお母さんのようなセンサーを働かせる真白は、栄養バランスがしっかり取れるように、料理を取り分けてすぐに手渡す。

　反応からして苦手なものではないのだろうが、会席料理のような華やかな見た目で品数が並んでいるのだ。

『好きなものだけ食べたい』という気持ちもわからなくもない。

「真白姉ぇ、いくらなんでもママすぎだって……。大学一年でその風格出せないでしょ普通」

「さすが真白ママ」

「私がこんなになったのは二人のせいでしょ！」

　そして、勝手に取り分けられた仕返しをするように、可愛《かわい》いからかいをする二人がいる。

「って、ゆ、遊斗さんの前でそれ呼ばないの！　恥ずかしいんだから……」

「さっきまで手、ずっと握ってたんだから今さらだって」

「ん、今さら」

「も、もう……。またそんなこと言って。ただ教えてただけなのに……」

「はは、おかげさまで上達できました」

　食事を始めて早々、盛り上がる食卓。

　いつも一人で食事を取っているだけに、この時間はより楽しいもので、遊斗が大好きな時間でもある。

「あ、遊斗さん！　お米はたくさん炊いてますから、おかわりをしたい時はいつでも私に言ってくださいねっ。私もおかわりしますので！」

「う、うん。ありがとう……」

ここで目玉が飛び出るような発言をする真白。

お米で山を作ったようなお茶碗を持ちながらこう言っているのだ。

その見た目からは本当に信じられないような量を食べようとしている。いや、食べるのだろう。

感心しながら視線を送っていると、「ねえねえ」と美結が口を開く。

「ここだけの話、真白姉ぇホントに喜んでたよ。遊斗兄ぃのおかげでさ」

「ぼ、僕のおかげって？」

「ほら、みんなで再会したあの日、ファミレスで『たくさん食べる女の子は〜』みたいな話、真白姉ぇがしたじゃん？　それに嬉しい言葉を返してくれたこと」

「たくさん食べる女の人……、苦手っていう人いるって言うから」

「あ、ああ〜！」

あの時、どんな言葉を返したのかはもう忘れてしまったが、一貫しているのは『全く嫌な気持ちはない』ということ。

むしろ遠慮せずに食べてくれた方が嬉しくもある。

「でもまあ、たくさん食べる人が苦手っていう方が少ないと思うけどね？」

「わ、私はその……体格とのギャップがある方なので、引かれちゃうんじゃないかなって常々考えてまして……」

「僕はそうじゃないから安心してね」

「あ、改めてありがとうございます……！」

目を細めて満面の笑みを浮かべる真白は、口いっぱいにお米を頬張《ほおば》った。

一緒に食べ歩きをした時も思ったが、これが一番美味《おい》しく食べられる方法なのだろう。

頬《ほお》が膨らんでいる真白を見ながら、お茶を口に含んだその時。

「あ、そうだそうだ。まだ話し合ってなかったことなんだけど、お風呂の順番はどうしよっか？」

大事なことを口にする美結だった。

「あたし的には遊斗兄ぃが最初でいいと思うんだけど」

「えっ⁉　家主じゃない僕が一番先に入っても大丈夫なの？」

「そんなの気にしないって！　入る順番にこだわりないしね、あたし達」

「ん、だから遊斗お兄ちゃんからで大丈夫」

美結の意見に同意する心々乃。

口の中に食べ物が入っている真白は喋《しゃべ》ることができないのだろう、大きく頷《うなず》いて『私も大丈夫です！』と伝えてきた。

「じゃ、先に遊斗兄ぃが入るってことで」

「ありがとう。それじゃご飯を食べ終わったら入らせてもらうね。あとでお風呂の場所も教えてもらえると」

「あ、そう言えばまだ教えてなかったね。入る前にあたしが教えるよ」

「助かるよ」

これにてお風呂時の心配もなくなる。

遊斗にとって食事と会話に集中できる時間が作れたところで、質問が投げられる。

「あとはお風呂の温度どのくらいにする？　自由に設定できるから、遊斗兄ぃの好きなようにお湯張るよ」

「え、えっと、それじゃあ……四十五度……とか？」

「っ⁉」

「ちょ⁉」

「え……」

この言葉を口にした瞬間、全員の動きが止まる。

真白はもぐもぐを止め、目を大きくして。

美結は口に近づけたコップをものすごい勢いで下ろして。

心々乃は唖然とした表情で箸を止めて。

三者三様の反応だが、一貫しているのは驚いているということ。

「浴槽の四十五度ってマジ熱いけど大丈夫？　足入れらんないと思うよ？」

「遊斗お兄ちゃん、四十五度は死んじゃう……」

「ま、まあなんて言うか……」

頬を掻《か》きながら言葉を濁す遊斗。

この反応の通り、熱いお湯が得意というわけではない。

でも、このくらいの温度を選ぶ理由があったのだ。

「……あ、ふふっ、そういうことですか」

その濁した意味にいち早く気づいたのは、咀嚼し終えた真白だった。

「え？　なに『そういうこと』って。全く話が摑《つか》めないんだけど」

「わたしも……」

「ま、真白さん。それを言うのは僕がお風呂に入った時にでも……」

目の前で真意を口にされるのは本当に恥ずかしいこと。

どうにかタイミングを逸らそうと企てるが、そうはいかなかった。

『それでは浸かれないお湯になってしまうじゃないですか』と口元をほころばせる真白は、美結と心々乃を見ながら伝えた。

「遊斗さんはね、私たちがお風呂に入るまでの間、浴槽のお湯が冷めないように考えたんだよ」

「あー！　だからめちゃ熱く張ろうとしたんだ⁉」

「遊斗お兄ちゃんらしい……」

二人から納得した表情を向けられ　。

真白からは微笑まれ　。

顔を背《そむ》けながらお茶を飲んで乾いた喉《のど》を潤した遊斗は、照れ隠しをするようにちょっぴり反撃をする。

「真白さんの意地悪……」

と、冗談混じりに。

「ふふ、だってお湯は冷めても大丈夫なので、遊斗さんだけが無理をすることになってましたから」

「……え？」

今度は遊斗が要領を摑めない言葉を聞かされる。

この疑問に答えたのは、美結と心々乃だった。

「なんたって追い焚き機能が備わってるからね～。浴槽の冷めたお湯を再度温められる便利なアレが」

「ボタン一つですぐ」

「なっ……」

ここで遊斗もまた納得する。

ここは後宮マンションの一室なのだ。盲点だったとわからされる。

「そ、それもっと早く教えてほしかったなぁ……」

「まあ追い焚きの話をする方が珍しいしねえ？　気持ちはわかるけど」

「ん」

「おかげさまで遊斗さんの素敵なところがまた一つ見つけることができました」

「も、もー」

からかわれながらも褒められ、さらなる恥ずかしさに襲われる遊斗だが、悪い気持ちはなにもなかった。

「あー、そうだそうだ。お風呂の話題ついでに遊斗兄ぃに一つ言わなきゃいけないことあって」

「な、なに？」

「今日、真白姉ぇとあたし一緒にお風呂入るから、遊斗兄ぃは把握よろしくってことで」

「あっ、二人で入るんだ？」

驚きを隠したつもりの遊斗だったが、ちゃんとバレていた。

誤解を解くように、すぐ補足を入れる二人だった。

「いつも一緒に入っているわけではないですからね、ふふ」

「そうそう。今日はどこかの誰《だれ》かさんが真白姉ぇにお願いしててさ。遊斗兄ぃと二人になりたいから、一緒に入ってくれって」

「僕と……二人になるために？」

美結と真白が一緒にお風呂に入るとなれば、残された人物はただ一人。

遊斗が首を動かせば、上目遣《うわめづか》いの心々乃が伝えるのだ。

「遊斗お兄ちゃんに教えたいことがあるの……」と、おずおずしながら。

そんな心々乃を見て——。

『ちゃんと言えたねえ』と言わんばかりに、「うりうり」と言いながら肘で突いている美結に対し——。

「みーゆー！　食事中です！」

「あはは」

真白の注意と、遊斗の笑い声が飛ぶ食卓だった。

そんな賑やかな食事を終えた後のこと。

「あれ、なんかすごくいい匂《にお》い……」

浴槽にお湯も溜《た》まり、真白に預けていたパジャマを両手で受け取った時、漂った匂いからすぐに反応する遊斗がいた。

「そ、それはその、私のクローゼットに入れていたからかもですね⁉　芳香剤を入れているのでっ！」

「ああ、なるほど。洗濯したパジャマを預けさせてもらったんだけど、普段の匂いとは違うなぁって思って」

女の子らしい甘い香りにちょっと落ち着きがなくなる遊斗。そんな遊斗は想像していなかった言葉を聞くことになる。

「真白姉ぇ、正直に言いなよー。昨日は遊斗兄ぃのパジャマ着て寝ちゃったから、慌てて洗濯したんですって。だから匂いが強くなってるんですって」

「嬉しそうにむにゃむにゃ寝てた」

「み、美結⁉　心々乃⁉」

目が飛び出そうなほどの表情でパッと二人を見る真白。それは今の今まで絶対にバレていないと思っていたから。

それはもう驚きの声で二人を制止しようとする。

「はは、真白さん昨日はこれ着たんだ？　でも……服のサイズが違うから寝心地悪かったんじゃない？」

「こ、ここここここれは違うんですす遊斗さん！」

「遊斗兄ぃ、全然違くないから騙《だま》されないでねぇ～。昨日はいつもより早く寝ようとした真白姉ぇだったから、絶対なにか企《たくら》んでるなーって思ってたら案の定だったし。ね、心々乃」

「ん、案の定」

「あ、あ……」

なんとか取《と》り繕《つくろ》うとするも、次々に飛び出てくる情報。

手をバタバタと振って否定していたものの、諦《あきら》めがついたようにその勢いはどんどんとなくなる。

最終的には力が抜けるように手首を曲げて、しゅんと縮こまりながら遊斗に顔を向けて、正直に言う真白だった。

「あ、あの……。本当に、本当にすみません……っ！　つ、つい出来心と言いますか……！」

弱々しい声。

また、両手をもじもじと合わせながら。

「いやいや、僕は全然。むしろわざわざ洗濯までしてくれてありがとね」

「そ、そちらは当然のことですので……っ」

サイズの違いから、どうしても着てみたくなったのだろうと、確信がある遊斗。

無論、勝手に着るという行為は褒められることではないが、この関係なのだ。

『遠慮しない関係に』ということも伝えているのだ。

嬉しいことが聞けたと、心が和むばかり。

そして、遊斗が怒っていないことを見た真白は、即反撃を開始する。

「あ、あの！　お話が変わるんですが、私からも遊斗さんにお伝えしたいことがありまして！」

真白は人差し指をビシッと二人に向けて。

「あ、あんなことを言った美結と心々乃は、遊斗さんのパジャマを盗み取ろうとしていたんです！　なので、着させてもらうことで守る目的もあったんです！」

「えっ⁉」

「その証拠に、二人は一度奪い合ってました！」

「なっ、マジなに言ってんの⁉　そんなわけないじゃん！」

「み、美結お姉ちゃんの言う通り」

「私、この目で見たもんっ！」

突然始まったチクリ合い。

さすがは三姉妹、真白が追い詰められた時と同じような反応をしている二人。

今度はどちらが取り繕おうとしているのは明白だった。

「……」

そして、何の変哲もない、至って普通のお店に売ってあるパジャマがこんなに人気なのか一切《いっさい》わかっていない遊斗は、この状況を面白《おもしろ》おかしく観察中。

「どっちのクローゼットに仕舞うかって言い合ってたもん！」

「……」

「……」

この言い分で、美結と心々乃の表情が変わる。

「心々乃、もうこれ以上は危《あぶ》」

「……わかった」

「え？　な、なななななっ!!」

真白もその変化に気づいたが、時すでに遅し。

心々乃が抱きつきにかかり、動きを止めたその隙を突いて、小さな口を押さえる美結。

見事なコンビネーションで真白を無力化させた二人だった。

「ってことで、遊斗兄ぃお湯が冷めないうちにお風呂入ってきて！　ちょっとこれから喧嘩《けんか》が始まるから！」

「ゆっくり、してきてね」

「んーんー！」

「あはは、了解」

助けを呼んでいる真白だが、三姉妹の仲のよさは知っている。

「それじゃあ、お風呂使わせてもらうね」

「いってらっしゃーい！」

「いってきまーす」

元気に返事をして、リビングから廊下に出る遊斗。

『マジで真白姉ぇ、そのチクリは反則でしょ！』

『許せない……』

『さ、先に言ったの二人だもん！』

そのすぐのこと。

『喧嘩』という名の戯《じゃ》れ合いを聴き、頬を緩ませながら脱衣所に入る遊斗だった。

＊

それから四十分、あの喧嘩も無事に収束した後のこと。

遊斗が先ほど使ったお風呂場で。

二人で入っても十分な広さがあるこのお風呂場の中で。

「美結と一緒にお風呂に入ったのはいつぶりかな？」

「んー、確か大学の合格日に一緒に入ったから、ざっくり二ヶ月経ってるか経ってないかくらいじゃない？」

「わあ、もうそんなに経つんだぁ……」

「大学に向けた引っ越しとかもあったし、仕事も結構入れてたから忙しい方だったしねえ」

シャンプーを手に取り、真白の髪をわしゃわしゃして泡立たせながら会話する美結がいた。

「どう？　痛くない？」

「気持ちいいよ～」

「ならよかった」

「この次は私が美結の髪を洗う番ね！」

「うーい、よろしくー」

一緒にお風呂に入る時は、髪を必ず洗いっこをしている姉妹。

また、洗いっこをするのは心々乃からお願いされた、『できるだけ長くお風呂の時間を』のお願いも叶えてのこと。

お互いに髪から体を洗い終えれば——。

「ふう～」

「ふはあ～」

先に美結が浴槽に入り、次に真白が向かい合うように。

お互いに肩まで浸かりながら、リラックスした声を上げる。

「ん？　あれ、なんか真白姉ぇまた胸大きくなってない？　気のせい？」

「どうだろう……。あ、でも下着はまた合わなくなってきたかな」

「じゃあ間違いないじゃん。羨《うらや》ましいねえ」

「うーん……。もっとおっきくなりたいところあるのになあ～」

腕をグーッと上にしながら大きな伸びをし、『もっとおっきくなりたい』その身長を暗に指す真白。

腕を下ろせば、浴槽に張ったお湯に波が立つ。

「ひひ、冗談抜きで食べた栄養全部そっちに吸い取られてるよね」

「……え？」

「あ」

『一点だけに』というような表現をしたのがアウトだった。

一瞬で無表情になるその表情を見て、すぐに手を合わせる美結がいる。

「ご、ごめんごめん！ そこだけじゃなかったね」

「そうです。この前〇・一センチ伸びたんだから。身長」

「それ測り間違いじゃない？」

「みーゆー」

「あはは、もう意地悪言わないって」

一番大きくしたいところが大きくならない。それも真白のコンプレックスに拍車をかけている部分。

「だけどお腹《なか》にお肉がつかないだけマシじゃん？」

「それはそうかもしれないけど……。胸《ここ》が大きくなるのは大きくなるので大変なんだよ？　すぐに肩が凝るし、シャツのボタンもかけづらいし、私は特に姿勢が悪く見えちゃうし……」

「あたしも平均越えてるから、その気持ちは一応共感できるんだけどね？　まあ真白姉ぇの体形でその大きさだと、マジで大変なんだろうけどね」

「本当にそうだよ～。冗談にならないくらい肩こりがすごいんだから！」

真白の部屋には手軽なマッサージ機や肩こり解消グッズが置かれている。

つい先日、部屋を覗《のぞ》いた時にそれを見たからこそ。

「しょうがないねえ……。真白姉ぇ、あたしに背中向けてよ。特別に肩揉《も》みしてあげるからさ」

気持ちとしてはなおのことこうなる。

「えっ、本当にいいの⁉」

「十分一万円だけどね」

「そんなに高いのっ⁉」

「にひひ、さすがに冗談だって。そもそも家族からお金取るわけないいじゃん」

「からかわれた分、感謝の気持ちが半分に減りました」

「半分はさすがに減りすぎじゃない？」

「妥当です」

なんて言う間にも、日焼けのない小さな体を半回転させた真白。

華奢《きゃしゃ》な背中を向ければ、その肩にすぐ美結の手が置かれ、ゆっくりと力が込められていく。

「は？　いや待って。バチバチに硬いんだけど」

「でしょ？　って、痛たっ、痛たたたたっ‼」

「あ、マジごめん。固すぎたから全力で押しちゃった」

溺れたように体を動かして、痛みから逃れた真白は目を潤ませながらすぐに後ろを振り返る。

むすっとした可愛らしい顔を作っているが、中にはさらに意地悪をしたくなってしまう表情でもあるだろうか。

「わ、わざとだったら遊斗さんに報告しちゃうからね！　本当に痛かったんだから……」

「んー。それは真白姉ぇの分が悪いからやめた方がいいと思うけど」

「なっ、なんでそうなるの！」

「あれ、まだ言ってなかったっけ？　遊斗兄ぃのパジャマ着て、転んだ真白姉ぇの写真、あたしも保存してるって」

「っ⁉」

実際、言ってなかったこと。

真白からすれば聞いてなかったこと。

ビクッと肩を揺らし、バツが悪そうに首を戻す。

「わ、わざとでも我慢してあげます……」

「それが賢明ってね」

降参一択の写真を持たれているからこそ、もうなにも太刀打ちができなくなる真白だった。

しかも今日はお泊まりの日である。

あの写真を遊斗に見られでもしたら、もう大変なのだ。

「まあでもさっきのはマジでわざとじゃないからさ。さすがに痛がることをわざとするつもりもないし」

「つ、強くしても……大丈夫だからね？」

「そんなに怯《おび》えなくても遊斗兄ぃに見せるつもりないから安心してって……」

まずは先ほどの痛みを取るように、肩を数回優しくさすり、次にトントンと軽く叩きながら。

「……てかさ、話変わるんだけど、心々乃は上手《うま》くいってるかね？　そろそろ話し始めてる頃合《ころあ》いだと思うけど」

「遊斗さんが相手だからきっと大丈夫だよ。私のお兄ちゃんだもん」

「それもそっか。さすがにアッチ系は見せてないだろうしね」

「さすがにね！」

と、顔を見合わせながら笑い合う二人だった。

＊

――風呂場でこのやり取りが交わされている最中だった。

「……」

「……」

PCや液晶タブレット、デスクチェアが並ぶ仕事部屋で、心々乃の頭に手を乗せて固まる遊斗がいた。

同じく、頭を撫でるように要求した心々乃も体を硬直させていた。

ついさっき、三人の職業を教えてもらった遊斗は、過去に描いたイラストを見せてもらっていた。

『なにを描いてほしいか』というリクエストも聞かれ、躍動感のあるワンちゃんが即興で描かれていく光景も見た。

褒めれば褒めるだけ、むふっと鼻息を漏《も》らして嬉しそうにする心々乃がいた。

それはもう時間を忘れてしまうほどに楽しい空間であり、感嘆するばかりだったが　。

『噂をすればなんとやら』という事態に見舞われていたのだ。

「過去に描いたイラスト、もっと見せてあげる」とのありがたい言葉を聞き、追加で見せてもらっていた時だった。

女性キャラの服がはだけ、モザイクがかかったカラー絵が流れてきたその時。

そして、すごい勢いで心々乃がＰＣの電源を落とした矢先、静寂の中、お互いが顔を見合わせたままの現状があった。

「…………」

「…………」

その重苦しい空気がどれだけ流れただろう。

「あ、あ……の」

頭を伏せながら、消え入るような声で心々乃は口を動かすのだ。

いや、説明せざるをえなかった。

「今のは……その……」

本当は嘘をつきたい。

誤魔化《ごまか》したい。

楽になりたい。

この状況から逃げ去りたい。

でも……

「わ、わたし……」

僅かな時間にたくさんの思いを交錯させる心々乃。

しかし、一生懸命描いたイラストを、全てこだわって描いたイラストを、『自分が描いたわけじゃない』とは言えなかった。

プロとしてのプライドが邪魔をした。

でも、『真白や美結が同じようなものを描いている』とバレるわけにはいかない。

迷惑をかけるわけにもいかない。

だから──。

「……わ、わたし〝は〟、こういうのも……描いてる……の」

勇気を振り絞って、正直に言うのだ。

これ以外に、自分で蒔《ま》いた種を自分で刈り取ることはできないのだから。

「そ、それじゃあ、やっぱりあのイラストも心々乃さんが……？」

「ん……。だ、だから、お仕事のことは言えなかったの……。え、えっちなイラストも、描いてるから……」

「……」

目を皿のように大きく見開いている遊斗は、視線を彷徨《さまよ》わせて動揺している。

そんな姿を見たら……。

「ゆ、遊斗お兄ちゃん、ごめんなさい。引いても……仕方ない」

もう謝るしかなかった。

ジャンルがジャンルなだけに、やましいことをしている自覚はあったのだ。

「い、いやその……なんて言うか……」

「思ったこと、正直に言っていい。……覚悟はしてる」

これにはフォローのしようもないだろう。

無理にフォローさせようとすれば、遊斗に負担をかけさせてしまうだけではなく、苦しませてしまう。

それなら、素直に言ってくれた方が心々乃も罪悪感が少ないのだ。

「えっと、その……」

「うん……」

「ぼ、僕は別に引いてはなくて、ただ驚いただけというか。つ、つまりなにが言いたいのかと言うと……むしろすごいなって」

「うぅ……」

「ひ、皮肉とかじゃないからね!? 素直にそう思って!」

トップシークレットだったことがバレてしまったことで、この情報を教えるつもりはなかっただけに、心々乃のメンタルはもう崩壊寸前なのだ。

何事にも敏感になってしまう。

それが伝わっているのか、いつにもなく両手をブンブンと振り、必死な様子を見せている遊斗がいる。

「それに、安心もしたよ」

「どうして……そうなるの？」

遊斗が狼狽《ろうばい》していたことは正しい。

それでも冷静になっていくように、組み立てた言葉を、その考えを落ち着いて紡《つむ》いでいくのだ。

「心々乃さんの業界に疎い僕だから間違ってることを言うかもなんだけど、フリーで仕事をするのはなにかと難しいって言われてるでしょ？」

「……ん。収入が安定しないから、間違いない」

今が忙しくても、ずっと忙しいという保証がないのがフリーランス。

仕事が取れなくなれば、当然お収入に直結する。

その厳しい現実を調べ、大学への進学を決めて、就職の柱を立てられるようにした三人でもあるのだ。

「だからさ、その中でも心々乃さんが描いてるジャンルは、人間の三大欲求の一つだから、今後も勢いが盛り下がることはないかなって。やりたいお仕事をずっと続けていけそうだなって」

「……」

「本当にすごいと思ったよ。どんな経緯で描き始めたのかは想像になるんだけど、あんなに綺麗なイラストが描けるのに、別のジャンルにも挑戦して、まだまだレベルアップをしようとしてるところとか」

「でも……」

筋の通った理屈＝納得。と、なるばかりではない。

その内容によっては納得したとしても、嫌悪感を抱くこともある。

「遊斗お兄ちゃん……引かなかった？」

「あのイラストを見た時の反応のことを言ってるよね？　それは本当にごめんね、誤解もさせて。でも、あれは引いたわけじゃなくて、本当に驚いただけで。一生懸命頑張ってる心々乃さんを本当に尊敬してるよ」

「……」

遊斗の表情を見れば、それが嘘じゃないことが伝わってくる。

それでも、心々乃からすればすぐに信じられないこと。

受け入れてもらえるのは、現実のものだとは思えないくらいのこと。

「だから、あのイラストを見ても僕が以前言ったことは変わらないよ。『言えないことでも陰ながら応援してる』って。あの言葉は事実だから」

「……ん」

今、遊斗の口から出たこの言葉を耳に入れた瞬間だった。

少し、涙腺が緩む。

そして、ストンと腑《ふ》に落ちた。

心から納得したからこそ、疑心暗鬼になっていた心が洗われるのだ。気持ちがもう明るく、軽いものになる。

「っと、多分だけどもうちょっとで二人もお風呂から上がってくる頃だと思うから、今のうちに落ちついてね。僕の口からこの件を二人に言うことないから安心して」

「本当に、ありがとう……」

「お礼を言われることじゃないよ」

褒められるようなことは今していないのに、また再び優しく頭を撫でてくれる。

全てを打ち明けた後だからか、今まで一番心地よさに包まれる。

「あとはそうだ！　『困ったことがあったらいつでも頼ってね』って言ったことがあると思うんだけど、その点は僕が助けられる範囲のことで頼ってもらえたら！」

「ふふ……」

あの手のイラストを見ても、あの手のイラストを描いていると知っても、いつもと変わらずに接してくれる。

遊斗がなんでも受け止めてくれると思ったから、

「……これでもう『脱いで』とか言えなくなっちゃった」

「ははは、そっちのサンプルはネットからで」

普段の調子でこんな冗談も言えた。

秘密を共有したことで、誰よりも遊斗と仲よくなれた気がした心々乃。

撫でられるその頭をグッと押しつけるようにして、この時間をより堪能する。

「……遊斗お兄ちゃんが、お兄ちゃんで本当によかった……」

心の底からの思いが溢《あふ》れ、もっと甘えてしまう。

頭を撫でてもらっている手についつい、触れてしまう。

「僕も同じこと思ってるよ」

「お世辞じゃなかったら嬉しい……」

「お世辞でこんなことは言わないよ」

「……本当?」

「本当」

遊斗の即答を聞き、胸がポカポカと温かくなる。

嬉しくて目を細める。

「じゃあ、真白お姉ちゃんと美結お姉ちゃんが戻ってくるまで……ずっとこのままがいい」

「またいつかイラストを見せてくれるなら」

「お泊まり来てくれたら、いつでも見せてあげる」

「じゃあ約束で？」

「ん、約束……」

その言葉を最後にして、遊斗に寄りかかる。たくさん甘える。

今までで一番充実した時間だったからか……。

「心々乃、お風呂上がったよ～！」

「遊斗兄～ぃ、あたしの髪梳《す》いてほし～！」

『長く入るように』と伝えていたものの、二人の声がすぐに聞こえてきたのだった。

第六章　お泊まり②

「あのさ、遊斗兄ぃ《ゆうと》女の人の髪を梳《す》いたこと直近であるでしょ？　めっちゃ気持ちいんだけど」

「いやいや、そんなことないよ。ただ昔、美結《みゆ》さん達の髪を梳いてた以降はずっとしてないから、その時の名残じゃないかな」

お風呂《ふろ》上がり。

メガネ姿にチェンジした美結の綺麗《きれい》な髪を櫛で梳きながら、会話する今。

言葉通り気持ちがいいのか、背中から寄りかかられる今。

「美結いいなあ……。私も早く梳いてもらいたいなあ……」

「さすがにここは譲らないから。真白《ましろ》姉ぇは料理の時に独占したし」

「わ、わかってるよう……」

少し口を尖《とが》らせながら、ずっとこちらの様子を窺《うかが》っている真白。

できることなら二人同時にしてあげたいが、そこまで器用ではないのが申し訳ないところ。

こうして待ってもらうしかない状態だった。

「あ、そうそう遊斗兄ぃ。もうあたし達の職業わかった？」

「うん、イラストレーターさんだよね？」

「にひひ、正解正解。驚いたでしょ？」

「それはもちろん。三人が絵を描いてたような記憶はなかったから」

「みんな絵に夢中になり始めたのは小学校の頃だからね〜。もしその記憶があったら、前々から悟られてた可能性はあっただろうねえ」

首を左右に動かしながら、鼻歌も歌ってご機嫌な美結。

シャンプーのいい匂《にお》いがずっと伝わってくる。

「あの、遊斗さん」

「ん？」

ここで真白から話しかけられたかと思えば。

「心々乃《ここの》のこと本当にありがとうございました」

「……え？」

このお礼を伝えられる。

例の件がバレたのかと思い、一瞬頭が真っ白になるが、その手のお礼ではなかった。

「心々乃の様子を見ただけなので、間違ってることもあるとは思うんですけど、二人きりの間、心々乃のことをたくさん褒めてくれたんじゃないかなぁと」

「いや、絶対間違ってないって。あんなにウキウキでお風呂に向かってく心々乃、あたし初めて見たし」

「いつもは気乗りしないもんね？」

「一〇〇%で」

「はは、それを聞いたらより真白さんのお礼が嬉《うれ》しく感じるよ」

ついさっきのように、毎日スキップしながらお風呂に向かっていく心々乃だと考えていたばかりに、これは意外な情報だった。

あの様子で褒めたことがバレてしまうことも。

言わずとも筒抜けになっていることにどこか恥ずかしさを感じながら、手を動かし続ければ、さらに美結からの感想が漏《も》れる。

「あ～。これ体験すると遊斗兄ぃに毎日髪梳いてほしくなるねえ……」

「みーゆー……！　そうやって煽って……!!」

「今はあたしの番だから仕方ないでしょ～。そもそも煽ったわけじゃないし～」

脱力したまま真白にジト目を飛ばす美結。

「終わったらちゃんと呼ぶから、見ないようにしたら？　あたしの正面にいるから刺激受けるんじゃん」

「だ、だって私が見てないと絶対に長引かせるんだもん。美結は」

「まあそこは否定しないけど」

「もー！」

眉《まゆ》をしかめて頰《ほお》を膨らませる真白。

そんなぷりぷりしてる彼女を他所《よそ》に、美結はこちらを振り向きながら言った。

「ねえ遊斗兄ぃ。今から唐突なこと言うんだけどさ？」

「うんうん」

「もうこの家に越してきたらどう？　今住んでるウチは契約が残ってるだろうから、今住んでる方を一旦《いったん》サブにするって形で」

「えっ⁉　ひ、引っ越す⁉」

「み、美結はなんてこと言うの⁉」

「だってそっちの方が絶対楽しいし、物置き部屋が一つあるから、そこ整理すれば遊斗兄ぃの部屋も作れるし」

真白が驚いていることから、事前に話を通していたわけではないのだろう。遊斗と同じ反応を見せている。

「ぶっちゃけると真白姉ぇもそっちの方がいいって思ってるでしょ……？　毎日手料理を食べてもらえるし、今日みたいに一緒に料理作りもできるし、好きなだけお喋《しゃべ》りもできるし」

「も、もちろんそれはそうだけど、ルームシェアは本当にいろいろな問題が起きるんだよ？　喧嘩《けんか》をした時だったり、誰《だれ》かに恋人ができた時だったり、洗濯物の時に下着を見ちゃったいし」

「り……」

「なにかしらの問題が起きた時のために、遊斗兄ぃが住んでるとこは契約し続けるんだって。まあ下着ならじきに慣れるだろうし、心々乃のあの様子からしても、賛成してくれないわけないし」

口達者な美結に丸め込まれようとしている真白。

そんな中で間に入る遊斗である。

「ありがたいお誘いだけど、今すぐには決められないかな……。あはは」

「そっか～」

このように言ってくれるのは本当に嬉しいこと。

遊斗の気持ち的にもみんなともっと一緒に過ごしたいが、真白の言う通り、さまざまな問題が起きるのがルームシェアだ。

「まあ遊斗兄ぃからしたら、そう答えざるをえないよねえ……。じゃ、この話は一旦頭の片隅に入れておいてもらう形で」

「うん、そうさせてもらうね」

「ふう……。もしこの場に心々乃がいたら大変なことになってたよ？　あの子が本気にしちゃったら、もう手がつけられないんだから」

「真白姉ぇは人のこと言えないからね？　今日あたしがどんだけ止めても、あんな大量の料理を作ったわけで」

「ほ、本当は制御できるのっ」

「説得力のカケラもないって」

美結と心々乃がするような言い合いを、今度はこの二人がしている。

『やっぱり似てるなぁ』と心の中で微笑ましく思いながら、「よし」と発し、遊斗は言葉を続けた。

「美結さん、髪全部梳けたよー」

「マジありがとね！　遊斗兄ぃ」

「どういたしまして。じゃあ次は真白さんどうぞ」

「はーい！」

美結が立ち上がれば、入れ替わるようにしてちょこんと真白が座る。

同じ位置に腰を下ろしたからか、遊斗の中で明白になる二人の座高の差。

『こんなにも違うんだ……』と、呆気《あっけ》に取られていたその矢先。

「じゃあ遊斗兄ぃ、ちょっと背中使わせてもらうね～」

「ッ⁉」

それは、有無を言わさずいきなりのこと。

腰に回される腕に、ぽよんと柔らかい感触が二つ背中に当たり、無意識に背筋を伸ばす遊斗がいる。

その様子にすぐ気づいた真白が、説明を加えるのだ。

「あっ、昔はこんなことなかったんですけど、今の美結はお風呂上がりに抱きつく癖《くせ》がありまして。普段は私や心々乃が対象なんですけどね」

「な、なるほど……？」

「いつでも退《ど》かしちゃって大丈夫なので！」

「は、はーい……」

普段なら必ず注意する真白だが、今は例外だった。

髪を整えられるのを待っているだけに、上半身を左右に捻《ひね》って髪を揺らしている。

それはもう『早く〜』と求めているように。

優先順位がもう完全にこっちになっているようだ。

「じ、じゃあ始めるね？」

「お願いしますっ！」

と、丁寧な挨拶《あいさつ》から始まる二人目の髪梳かし。

背中の感触にだけは意識しないように、胸元《むなもと》を見ないように、ただ目の前のことに集中して真白の髪を櫛で梳かしていく。

「どう真白姉ぇ、ヤバくない？」

「うん！　すごくいい～」

「ならよかった」

美結の言葉に大きく頷《うなず》いて返事をする真白。

その声色からも満足していることが伝わってきて、安堵《あんど》の息を漏らす遊斗。

その瞬間だった。

「……ッ！　ちょ、美結さん」

「あ、あはは。ごめごめ」

「えっ？　美結、なにかしたの？」

「い、いやいやなんでもなんでも！　てか真白姉ぇは今されてることに集中しなって。貴重な機会なんだからさ」

「じゃあ遊斗さんにイタズラしないようにね？」

「わ、わかってるって」

こちらに背中を向けているため、なにも状況がわかっていない真白。

つい先ほどのこと。

遊斗の首筋に顔を埋めてきた美結だったのだ。

驚きを露わにすれば、すぐに顔を引っ込めて元の体勢に戻した現状になる。

「そ、それはそうと……遊斗兄ぃ」

「う、うん？」

場を繋《つな》ぐように、ここでやんわりと声をかけてくる美結。

「真白姉ぇの髪を梳くペース、もうちょっとゆっくりにできたりする？」

「え？　もうちょっと？」

「ぶっちゃけるとさ、その手入れ終わったらあたし剝《は》がされる可能性大なんだよね。『もうこれ以上はダメ』って目の前の誰かさんに」

大満足な状況にある真白だからこそ、今はなにをしても口を酸っぱく言われることはない。しかし……その時間が終わってしまえば、例外になってしまうことをわかっている美結なのだ。

「みーゆー？　その声、全部聞こえてるからね。目の前の誰かさんに」

「わかってるって。ただツッコミ入れられるとは思ってなかっただけ」

「え？　それはどういうこと？」

遊斗をサンドイッチにするように話始める二人。

「いやだってさ、真白姉ぇは聞こえてないふりしてた方が絶対いいじゃん。交渉成立すれば今の時間が続くわけなんだから」

「……っ」

ハッとするように小さな肩をビクッとさせた真白。

しばらく無言が続き。

「そ、そんな作戦はお風呂に入ってる時に言ってよぉ……」

弱々しい声が漏れた。

「普通考えればわかるじゃん」

「お姉ちゃんのスイッチが入ったの！」

「まったくもう」

「あはは」

会話に入れなかった遊斗だが、嬉しいばかりの内容。

手を動かしながら笑みが溢《あふ》れてしまう。

「まあ今からでも聞こえないふりは通じるんじゃない？　相手が相手だし」

「……」

美結の言葉を嚙《か》み砕《くだ》くように再び口を閉ざす真白。

どんな反応が返ってくるかと思えば、首を回してチラッと視線が送られた。

「……」

「……」

大きく綺麗な目が合う。

これだけでなにかを求めている様子なのは十分に伝わる。

『コク』と頷けば、一度眉を上げてにぱあと笑う真白。

次の瞬間、両手を耳に当てて正面を向く姿を視界に。

『聞こえないふり』という形では絶対にないが、純粋な彼女らしかった。

また、このわかりやすい態度を見せてくれるおかげで、判断にも困らなかった。

「それじゃ、もうちょっとペースダウンしてするね」

「ひひ、ありがとね、遊斗兄ぃ」

「むしろ喜んで」

「本当?」

「本当に」

「そっかそっか」

このくらいなら負担もない。

ただ……美結の抱きつきを意識しないようにすることだけが、遊斗にとって本当に大変なこと。

そんなこととはつゆ知らず、この返事を聞いてさらに長引かせようと考える人物がいたのだった。

真白の綺麗な髪を梳き終えること十分。

「あっ、ん……」

「……」

「んっ、はあ……」

「…………」

「も、もう言わせてもらうけど真白姉ぇ、お風呂場でも言ったけど、その声出すのやめなって。なにがとは言わないけど、隣人が聞いたら絶対勘違いするって」

「だ、だって！　どうしても出ちゃうんだもん！」

足先を伸ばしたまま遊斗に肩を揉《も》まれる真白は、体を捻らせながら艶《なまめ》かしい声を漏らしていた……。

なぜこの状況になっているのかと問われたら、美結がこう口にしたから。

『そういえば真白姉ぇ、肩凝りが酷いらしくてさ』と。

ならば！　と率先したのが遊斗だったのだが……。

『ま、まさかこうなるなんて……』という気持ちに襲われていた。

それはいまだに美結がくっついているという状況も相まってのことで。

「ほら、声出るなら口押さえて」

「……んっ、ん……」

この指示を聞き、すぐに手で口を押さえる真白だが、逆にいけないことをしているような感情になる。

　あまり考えないように意識をする。

　今、至って健全なことをしているのだ。

　首を左右に動かして煩悩を払い、マッサージに努める。

「美結さんにマッサージしてもらった後でもこの硬さってことは……真白さん本当に凝ってるね」

「そこら辺、めっちゃゴリゴリ鳴るでしょ？」

「うん、もうすごいくらいに……。これはもうお店でやってもらった方が絶対にいいだろうね」

「っ、んぅぅ……」

　肩甲骨あたりの箇所を親指で押せば、その感覚がより伝わってくる。

　色っぽい声も漏れ聞こえてくる。

「真白姉ぇは鍼灸《しんきゅう》に行かせるよ。あたし達のマッサージですらこんな声出ちゃうから、マジの人がしたら絶対ヤバいことなるだろうし」

「は、はは……。それは確かに」

　美結が普段通りに話しかけてくれるおかげで、なんとか冷静を保つことができているが、真白の声はどうしても理性を刺激されてしまう。

今まで考えていなかった、もっちりとした素肌の感触を意識してしまう。

自分の中で、限界が近いことを理解する。

そんな遊斗は変な気を起こさないように、先手を打つのだ。

「……も、もうちょっとしたらマッサージじゃなくてストレッチに変えよっか？　あまりやりすぎると痛みが出るっていうから」

「んっ、わかりました」

「あー。じゃああたしのこの時間も終わっちゃうな～」

マッサージを始めてたったの五分程度での提案だが、これはもう自衛と言えるものだった。

お泊まりをする上で、これだけはしなければいけない大事な線引き。

「み、美結さんは今の体勢疲れたら離れていいからね」

「んー」

「な、ならよかった……」

心臓の鼓動を落ち着かせるために、疲れているならばとコアラのようになっている美結に聞いたが、それが間違いだったことを悟る。

甘えた声を耳に入れたことで。

真白からもうすぐ剝がされることをわかっているからか、今まで以上にギューっと力を入れてきたことで。

「……」

手先から背中にまで女の子の感触を強く感じる遊斗は、時計に視線を動かして早く切り上げることを決める。

そうして、『じゃあそろそろ』と声をかけようとしたその時だった。

廊下からパタパタとした足音が聞こえ、リビングのドアが開かれる。

「お風呂、上がった」

姿を現すのは、タオルを頭に巻いたパジャマ姿の心々乃。

「あ……」

「……」

「……」

「……」

遊斗の第一声以外、誰も喋らないこの場。

マッサージをされて気持ちよさそうに溶けたような顔をしている真白。

そして、変な格好で抱きついている美結まで流し見る心々乃は、乏しいながらも表情を変えた。

「ふ」

と、小さく笑って。

「……ハ？」

この様子にいち早く反応するのは美結。

「ねえ、なんか鼻で笑われたんだけど！」

「わたし、平気」

「いや、マジで意味わかんないんだけど……。な、なにそのドヤ顔……」

抱きつきを解き、怪訝《けげん》な顔で向かい合った。

遊斗とイラストの秘密を共有した心々乃だから、この二人の姿を見てもモヤモヤしない。

誰よりも心が満たされている。

そんな優越感をアピールする心々乃の登場のおかげで、なにより救われた遊斗でもある。

＊

それからは全員でパーティーゲームやトランプ、談笑を楽しみ——。

「遊斗さん本当にすみません。お休みする場所がリビングとなってしまって……。本当は物置き部屋を事前に空けておくべきだったんですが……」

「いや、リビングでなにも問題ないよ。むしろ僕の分の寝具を用意してくれてありがとね」

——気づけばもう二十三時五十分。日を跨《また》ぐ前の時間を迎えていた。

元々、合流を果たした時間が十九時頃だったのだ。

あっという間に夜中を迎えるのは当然のことで、『これ以上の夜更かしはしない』という判断になったのは、遊斗がバイト終わりであることと、明日は一日オフになっているから。

今日は疲れを取って、明日に備えようとなったのだ。

「遊斗お兄ちゃん、エアコンのリモコンはここにあるから、いつでも温度調節していいからね」

「わかった」

「テレビつけて寝てもいいからね」

「はーい」

珍しく心々乃がお節介気味。

お泊まりの時にしか見られない姿なだけあって、つい間伸びした返事で嬉しさを出してしまう。

「あとは遊斗兄ぃ、もし寂《さび》しくなったらあたしの部屋きていいからね？　怖い夢を見たりとか」

「み、美結さんはそうやってからかって……。本気にされたら困るでしょ？」

「にひひ、きたらわかるかもね？」

「もう……」

一枚上手の美結らしい返事だった。

「それじゃあお休み、遊斗兄ぃ。今日はマジで楽しかったよ」

「また明日、遊斗お兄ちゃん」

「お休みなさい、遊斗さん。もしなにかありましたら私のお部屋をノックしてもらえたらと。すぐに起きますので！」

「ありがと。それじゃあみんなお休み」

常夜灯がついた薄暗いリビングに残る遊斗と、廊下を歩いてそれぞれの自室に戻っていく三人。

全員が部屋に入ったことを確認すれば、リビングと廊下を繋ぐドアを閉め、折りたたみのマットレスに横になり、ふかふかの布団《ふとん》を被る。

夜中に誰か飲み物を取りに来たりするのかもしれないと考え、常夜灯は点けたままにしておいた。

そんな遊斗は、静かな空間で思い返す。

（今日は本当に楽しかったな……。泊まってよかったな……）

本当に時間を忘れて過ごしたこの家でのことを。

（明日もまたこんな時間を過ごせるなんて嬉しいな）

そして、翌日のことを考えるとさらに幸せな気持ちに包まれる。

無意識に笑みを浮かべてしまう。

脳の片隅に置いた言葉が前に出る。

(みんなとルームシェア……か)

美結が誘ってくれたこの言葉が。

どのように考えてもいろいろな問題が出てくるのは確か。

親への説得も必要になるだろう。

ただ、こんなにも楽しかった今日を過ごして——。

「……いや、やっぱりダメだよね……」

気持ちが変わる寸前のところで、遊斗は我慢した。

今日のお泊まりを通じて、もう自分を騙《だま》せないことを悟ったのだ。

料理を教えてもらっていた時の真白に手を握られた時に、髪に触れた時に。

美結に抱きつかれた時に、その感触を感じた時に。

心々乃の頭を撫でた時に、淫《みだ》らなイラストを描いていると知った時に。

大人として成長していることを感じてしまった。

異性としてより強く意識してしまった。

義兄として見てくれている三姉妹と、三姉妹のことを異性として見てしまっている自分。

それはトラブルの種になりうること。

嫌われてしまう可能性があること。

最悪、距離を取られてしまう可能性も、家に招かれなくなる可能性もあること。

それだけは避けたい。

(も、もう寝た方がいいね……。明日のためにも……)

三人のことを大切に思っているからこそ、悪いことにならないように真剣になる。

結果、起きていれば起きているだけ、難しいことや暗いことを考えてしまう。

(三人も僕と同じ気持ちだったら、嬉しいんだけどな……)

そんな願望も心の中で漏らしながらも、目を開けないことを意識し、睡魔がくることを待つ遊斗だった。

幕間三

interlude

日を跨いで一時間半過ぎたころ。日曜日の静かな夜。

その一時間と三十分が過ぎた時刻のこと。

「……にひひ、そろそろみんな寝たよね～」

語尾に音符がついたような、ルンルンとした小声を上げながら、そーっと自室のドアを開ける美結《みゆ》がいた。

遊斗《ゆうと》と違ってバイトもなく、前日には掃除と締切も終わらせ、体力も満タンだったのだ。

言葉にできないくらい楽しい時間を過ごしたことで、気分も高揚している。

すぐに寝られるわけがない。

睡魔が襲ってくるわけもない。

そして、もう一つ。

(……みんなは覚えてないだろうねえ。遊斗兄ぃが一度寝たら全然起きないこと)

今は直った可能性もあるが、この手のことはそうそう変えられるわけがない。

アラームでなんとか起きるようにしている、と考えるのが自然。

昔のことをちゃんと覚えていただけに、『起き得』だったのだ。

（やっぱりもったいないんだよね……。あんな短い時間で満足できるはずもないし、朝も待ちきれないし……）

遊斗とこの家で過ごしたのは、ざっくり六時間。たったの六時間。

その中で二人きりになれたのは三十分もなく、甘えられたと言えるような時間も少なかった。

（真白《ましろ》姉ぇと心々乃《ここの》には悪いけど、ここだけはあたしも譲れないとこだし……許してくれるよね？　遊斗兄ぃのこと覚えてない方が悪いって言えるし……？）

罪悪感はあるものの、遊斗がすぐ側にいるのだ。この気持ちを我慢することはできなかった。

音が鳴らないように気をつけてドアを閉め、忍び足で遊斗が寝ているリビングに向かう。

（おっ、常夜灯ついてるじゃん……。これラッキー）

ほんの少しの明かりがあれば、なにかに足をぶつける心配もない。

物音を鳴らす心配もない。

一度寝たら全然起きない遊斗とはいえ、それは過去のことでもある。

気を抜けば計画が失敗する可能性がある。

それはつまり、今の今まで起きていた意味がなくなるのだ。

（よし、ここからはマジ慎重に……）

ドアの取っ手を摑《つか》み、これもまた音の鳴らないように開け、やっとのことでリビングに入る。

そうして、目的の、寝ている遊斗に忍足で近づいた時だった。

（んえ？）

二つ、気づくことがあった。

布団《ふとん》がもっこりと膨らんでいることを。

また、遊斗のものではない、明らかに長い髪が布団から出ていることを。

（マ、マジで……？）

目を疑いながら、ゆっくり布団を捲《めく》れば、なぜかいた。

（いやいや……。これはありえないって……）

遊斗の右腕を枕《まくら》にして、蕩《とろ》けた顔で寝ている真白が。

遊斗の上に乗り、心臓の音を聞くように寝ている心々乃が。

（いや、これはガチ酷いんだけど……。てかいつの間に二人とも抜け駆けしたわけ……。なんで遊斗兄ぃが起きないこと覚えてるわけ……）

ドアの開閉音には全然気づかなかった。

真白と心々乃の足音にすらも気づかなかった。

もっと言えば、一度も示し合わせていなかっただけに、こうなっていること自体、予想外の美結なのだ。

「はあ……」

（めちゃくちゃ独り占めできると思ってたのに……）

待ち望んでいただけにため息が出るが、これはかりはもう仕方のないこと。妥協する他ない。

（てかこの二人、どんだけ幸せそうな顔してるんだか）

――まるで、好きな人と寝ているかのように。

写真に収めて早朝にからかいたくもあるが、写真を一枚撮るよりも優先することがある。

（ま、あたしも……）

のそのそと布団に忍び込み、遊斗の肩を枕にする。

（ふう、マジで落ち着く……）

腕をぎゅっと抱きしめ、その体温を感じ取っていく。

三人の寝息を聞けば、すぐに睡魔がやってくる。

時間にして何分が経《た》っただろうか……。いつの間にか眠りに落ちる美結。

人口密度の高い布団の中。

その大きな膨らみは朝まで残っていたのだった。

epilogue

エピローグ

「ふ、ふああ〜」

近くで聞こえる話し声と、閉じた瞼《まぶた》に差し込む朝日。

この二つで上半身をゆっくり起こしながら目を開けていく遊斗《ゆうと》に、三人の声が聞こえてくる。

「あっ、おはようございます、遊斗さん」

「お、おはよ〜」

「おはよう……」

「あっ、あはは。おはようみんな……」

大きな伸びをしたところを見られ、照れ隠しをするように眠い目を擦《こす》りながら挨拶《あいさつ》を返す遊斗がいる。

「休日なのにみんな早起きだね」

「そ、それはもう朝の目覚めはいい方ですから」

「そっかあ。さすが真白《ましろ》さん達だ」

あまり情けない姿は見せたくないのに、今日に限って眠気がなかなか取れない。

「あ、あの……。それでなんですが、そちらの寝心地はどうでしたか……?」

「ああ、なんだろう……。全体的に体がすごく痛いかも……。寝具は体に合ってたと思うんだけどなあ……」

そのせいでえらく畏《かしこ》まった口調に違和感なく答える遊斗である。

また、正直に答えてしまうのも、まだ寝ぼけているせいだった。

「そ、そそそそうですか。多分ですけど、知らず知らずのうちに疲れがたまっていたんだと思います……！」

「そ、そだね。まだ朝も早いし、遊斗兄ぃまだ寝てていいよ！　いや、寝て寝て！」

「今日も遊ぶから、まだ休んで」

真白の言い分に続き、なんとか眠らせようと甘い言葉をかける美結《みゆ》と心々乃《ここの》。

眠気に襲われる中、この優しい言葉には抵抗できない。

「そ、そう……？　じゃあもうちょっとお言葉に甘えようかな」

「是非是非！」

「本当ごめんね〜」

ふわふわとした声で謝る遊斗は、再び上半身をマットレスに預け、すぐに動かなくなる。

そして、規則正しい寝息を立て始めた。

「……」

「……」

「……」

無言のままに遊斗の前に移動する三人。

目の前で手を振ったり、手を突《つ》いてみたりして、しっかりと眠っていることを確認し終えると、椅子《いす》に座って再び話し始める。

「ど、どうしようみんな。遊斗さん体が痛いんだって……」

「そりゃずっと枕《まくら》にしてたんだしねえ……。あたし達の睡眠の質がよかった代償、全部遊斗兄ぃにいってるし、マジ申し訳ない……」

「湿布を貼《は》ってみる……？」

「勝手に貼るのはさすがにダメでしょ……。って、あんな冷たいの貼られたら起きるでしょ」

誰《だれ》のせいかは明白だからこそ、少しでも楽になれるように考える真白。

その気持ちは十分わかるが、さすがに止める美結。

そんな二人にボソリと言うのは心々乃である。

「可哀想《かわいそう》……。真白お姉ちゃんと、美結お姉ちゃんのせい」

「こ、心々乃のせいでもあるよね⁉」

「わたしが一番最初だった。二人がわたしの真似したせい」

「いやいや、いくら最初だったとしても、遊斗兄ぃの体に乗って寝てた心々乃が一番戦犯だし」

責任を押し付け合う三人だが、実際のところ全員が反省している。

「って今はこの話をしてる場合じゃないから。遊斗兄ぃには回復してもらってるんだから、今のうちに今日のプラン決めないとさ。暇な時間作ったら『そろそろ帰ろう』的な流れになるんだから」

「そ、そうだね！」

「早く帰したら、ルームシェアのお話もできなくなる……。まだわたしからはしてないから」

三人の中での決定事項。

それは『できるだけ遊斗を家に帰さないように』ということ。

そのために、それぞれが頭を捻《ひね》りながら一生懸命一日のプランを練る。

その時間、実に二十分。

無事に話も纏《まと》まり、ようやく一息をつくことができた矢先。

突然と立ち上がった心々乃はとことこと足を動かし、潜り始めようとする。

――遊斗が被っている大きな布団《ふとん》の中に。

「ちょ！　心々乃マジでもうそれはダメだって」

『わたしの寝具だ』なんて言わんばかりの自然すぎる行動だったが、いち早く気づくのは美結。

急いで立ち上がり、心々乃の両足首を掴《つか》んで勢いよく引っ張れば、布団の中から上半身がズルズルと出てくる。

「はあ……。なにやってんだか。コレは。さすがに大胆すぎるでしょ」

「う～」

「『う～』じゃないって」

無事に引きずり出せば、心々乃の背中にお尻《しり》を下ろして拘束を完了させる。

「ほら、真白姉ぇも怒って」

「むぅ……。美結が止めなければ、私も同じことできたのに……」

「え⁉」

かけられた言葉で美結は悟る。

――味方が誰もいないことに。

「い、いやいや、さすがにそっちが間違ってるから。あたしが褒められるべきでしょ」

「だって……今日遊斗さん帰っちゃうから、もうできないんだもん……。だから寄り添うだけなら……」

「はあー。そんなところだけ年相応になるんだから……」

真白の言う通り、ただ寄り添うだけなら、夜中の時のように負担をかけることはないだろう。

だが、それとこれは別。

美結は呆《あき》れ混じりの表情を浮かべ、次にニヤける。

「まあ気に入ってたのは一目瞭然だったけどさ。遊斗兄ぃと一緒に寝てる時の真白姉ぇと心々乃、いかにも好きな人と寝てる感じの顔だったし」

「なっ！」

「あたしが見たまんまを言うけど、二人ともよだれが出ててもおかしくないくらい顔溶けてたよ？」

「そ、そそそそんなことはさすがに……！」

「マジだってマジ。だから気をつけなよー？　遊斗兄ぃの服につけないようにさ」

優位を取れていることで、得意げに。

だが、その時間は長く続かなかった。

「……美結お姉ちゃんは一番そう言えない」

「へ？」

拘束されたままだが、心々乃という伏兵が潜んでいたことで。

「美結お姉ちゃんが一番そんな顔してたから」

「……」

その言葉を聞き、お尻を退《ど》けながら心々乃の顔を覗《のぞ》き込めば……本気の顔をした三女がいる。

「あ、あのさ？　それガチで言ってる？」

「嘘《うそ》つく意味ない。次の機会があったら、写真撮ってあげる」

「い、いやいや。そんなことしなくていいって……。な、なんかめちゃくちゃ恥ずかしいんだけど……」

　予想外のカウンターを食らい、髪をくしゃくちゃにさせながら顔を赤くさせる美結。

『いかにも好きな人と寝てる感じの顔』なんて言っただけに、この言葉に大ダメージを負うのだ。

「ま、真白姉ぇニヤニヤしないでよ」

「心々乃、遠慮なく写真取っていいからね……！　撮ったらすぐ私に送ってねっ」

「ん」

「ちょ、マジで勘弁してって！」

　遊斗のパジャマを着た写真を保存されているだけに、それに対抗できるの材料を手に入れようとする真白だった。

　また、『好きな人』の言葉を否定していない三人。

　家族として『好き』なのか、異性として『好き』なのか、その答えは全員に共通することでもだった。

あとがき

皆さまお久しぶりです！

元気いっぱいに頑張っております、夏乃実《なつのみ》です。

この度は『大学入学時から噂されていた美少女三姉妹、生き別れていた義妹だった。』の2巻をお買い上げいただき本当にありがとうございます。

みなさまのご声援のおかげで、喜ばしい続刊をすることができました。

今回は4年と数ヶ月になる作家人生の中で初めて4ヶ月刊行の作業をしまして、貴重な体験をさせていただいた本巻になります！

加えて、お気づきになられておりましたら嬉しいのですが、もう一作品、この6月にGA文庫さまから刊行させていただいております！

同日発売も作家人生の中で初めてとなり、バタバタしながらも本当に楽しく、充実した日々でした。

その中で書きました本巻は三姉妹との関係がさらに深まった内容となります！

1巻と同様……願わくばそれ以上に楽しんでいただけましたら嬉しく思います。


そして、イラストレーターのポメ先生。

今回もまた丁寧に描いてくださり、美麗なイラストで作品に彩りを添えていただきありがとうございます。

また、担当さんや校正さん、本作に関わってくださった方々のおかげで今回も出版することができました。

心より感謝申し上げます。


最後になりますが、今回も数ある作品の中から本巻をお手にとってくださり、誠にありがとうございました。

『とにかく頑張るっ！』の抱負を胸に、引き続き楽しく活動をしてまいります。

今後とも何卒よろしくお願いいたします！

夏乃実

ファンレター、作品の
ご感想をお待ちしています

〈あて先〉

〒105-0001
東京都港区虎ノ門2-2-1
ＳＢクリエイティブ(株)
GA文庫編集部 気付

「夏乃実先生」係
「ポメ先生」係

本書に関するご意見・ご感想は
右の QR コードよりお寄せください。

※アクセスの際や登録時に発生する通信費等はご負担ください。

https://ga.sbcr.jp/

大学入学時から噂されていた美少女三姉妹、生き別れていた義妹だった。2

発　行　　2024年6月30日　初版第一刷発行

著　者　　夏乃実
発行者　　出井貴完

発行所　　SBクリエイティブ株式会社
〒105-0001
東京都港区虎ノ門2-2-1

装　丁　　AFTERGLOW

印刷・製本　中央精版印刷株式会社

ISBN978-4-8156-2264-0
Printed in Japan　　GA文庫

試読版は
こちら!

試読版は
こちら!

試読版は
こちら!